文武兼備
海豚孩

峰梓 著

U0130655

目錄

輯一

/

文武兼備海豚孩

前言

世界多處地方在不同時間，曾發現過由野狼帶大的人類小孩，稱之為「狼孩」。

地球上的所有生物，各具其形態、行為、機能等等。他們的這一切都由其遺傳因子 DNA 傳給後代。換言之，不同的 DNA 決定了不同的生物後代。

DNA 當然是由生物自己體內的某些機制所產生的。DNA 必然也受外界的影響而有所改變，否則就無所謂「進化」了，這種自然改變是緩慢的，往往要經歷漫長的歲月逐漸形成。非自然突變則當別論，例如進行人為的雜交等等。所有生物都是從遠古的單細胞演化而成，可能會具有共同或共通的某些 DNA。

隨手撿幾種迥異的動物，譬如魚、大象、老鼠甚至於人等的初期胚胎，彼此都極其相似。如果具有共同或共通的某些 DNA，卻沒能顯現出來，應該是存在著某些機制把其中的一些閘門關閉或開啟所致。

海豚，不讓靈長類專美，牠也是智慧僅次於人類的胎生動物之一。所以現代在軍事上，人類能成功地訓練海豚去爆破敵方所設放的水雷，在敵方艦艇下設置磁性炸彈等等。

人腦有 95% 被閒置，有待廣為開發。有何功能？例如一個白癡卻可能擁有某單一的特異功能：諸如單一的音樂天才、數學天才等等。又例如，「一目十行」，為何只是一些人才具有？

　　人的眼睛猶如一架非常精緻的攝錄機，外來的光線攝入眼底，由於「關注閥」的限制，印在腦際的僅是所關注的影像，而不是像攝錄機般，把所有通過鏡頭的景象全部顯現出來。若能把此「關注閥」的關注域敞開，這時何止一目十行！

　　對某些組合的穴位進行針灸，去關閉或開啟某個閥門，使之切斷痛感的傳遞或增強對病灶的祛疫系統，從而分別達到鎮痛或治病的效果。

（一）

像往常一樣，年紀五十左右的一對漁人夫婦，駕著一艘蝦艇捕漁。蝦艇為寬約六尺，長約一丈八的單桅木帆船，它只能在幾十拓[1]水深之內的淺海區域作業。有一天，海平如鏡，老兩口剛收完延繩釣，正慨嘆漁獲每況愈下，抬頭一望，看見在不遠的海面上，一個四至五歲的男孩，赤條條地躺在蠵龜寬大的背上酣睡。

「阿大，快來看，那邊好像有個小孩，快過去救人啊！」老兩口於是使勁搖櫓靠過去，那海龜竟然挺合作，不動彈。老頭很輕易地就把睡著的小孩抱過來船上，交給老伴。那男孩一頭黑髮長到腰際，熟睡著的俊俏小臉蛋和紅潤而微翹的小嘴，真惹人喜愛，可能由於曾長時間在水中泡浸，全身顯得有點白皙，此外并沒有絲毫損傷，反倒是非常結實健康。

「阿大，這是蒼天送給我們的孩子，我們老來有靠囉。要還神啊！給他取個甚麼名字好呢？大海龜背著不讓淹著，是蒼天有靈啊！就叫『天賜』吧！我們姓蒙，叫蒙天賜不錯啊。」

「好，但是都不知道是誰家的孩子，靠岸後打聽打聽，送回給人家，讓人家一家團圓也算是積了些陰德。救了人一命，神當然是要還的。」

1　一拓，相當於常人向兩旁伸展雙臂的長度。

「從來沒聽說有丟孩子的，看頭髮長得那麼長，如果是丟失怕應該有不短日子了。」

「婆仔你說得也挺在理。但是……」

太多的疑惑，一時解不開也理不清。

正當婆仔剪短著懷中天賜的頭髮時，一群海豚圍著蝦艇，把頭伸進船舷嘎嘎吱吱叫，男孩張開雙水汪汪的大眼睛，滿臉稚氣而狐疑地望著阿大和婆仔。忽然掙脫懷抱，滾落在甲板上，發出和海豚一樣的叫聲，忽然來個鯉魚挺水躍起七、八尺高，接著來個鷂子大翻身，以美妙絕倫的姿勢，越過船舷插入水中，當重新浮出水面時，回過頭望了老兩口幾眼，吱吱嘎嘎地叫了幾聲，在海豚的簇擁下向遠處鼟去。

老兩口感受到男孩善意的招呼，既驚奇又說不出心中翻騰的感覺，站在舷邊發愣，目送他們遠去。

這是天賜首次接觸到人類。當老兩口靠近的時候，他出於開了竅之潛意識的警惕，立即醒過來，由於感應到來者並無惡意反卻充滿了同情和關懷，激發起他的童稚好奇之心，更加上享受著被抱在懷裡所特有的溫馨，他閉著眼睛裝著未醒而已。海豚們在舷邊的呼喚，把沉醉中的天賜喚醒。當他見到同類——人類，感到既親切又驚訝。首先驚訝的是，竟然可以有站和坐兩種豎著的姿勢；所發出的聲音複雜而豐富多彩，雖然

完全聽不懂卻可以感應到心聲和情緒的變化；以及那麼豐富的面部表情。

出於獵奇，更主要是基於人類基因 DNA 的召喚，天賜越來越頻密地造訪老兩口，給他們帶來歡樂。每次和海豚們一齊造訪，都唧有漁獲奉獻。甚至在他們的驅使下，廿、卅斤的大紅魚也給逼得自己蹦上甲板。

有一次，海豚唧來一個大於手掌的特大珍珠蚌，撬開一看，裡頭含有兩顆滾圓的天然珍珠；小的一顆大如黃豆，稍大的一顆也有大眼鯛的眼珠一般大。真是罕見的絕世珍寶！

漁獲多了，生活隨之改善，在船上，天賜也穿上衣褲了。

天賜向老兩口學的東西越來越多，逗留在船上的時間也越來越長。學會坐、站、走……學會用手，更開始學說話……這一切，對天賜來說是輕而易舉的事，很快就掌握了。這是由於他具有強壯的骨骼、體魄和極高之 IQ 的緣故。

為甚麼會是這樣？就得從他的出生和際遇開始說起。好，且待下回分解。

（二）

一艘三桅單拖風帆漁船，可以說是同類漁船中的巨無霸，屬秦代巨船「大頭艋」的後輩。寬兩丈左右，長可達八丈開外不等。它不僅可以在大陸棚海域（水深約 200 米）使用圍網或流刺網或延繩釣，進行捕捉中、上層魚類，單拖[2]捕捉底層魚類等；也可以在遠離大陸棚以外的海域作業，主要是捕捉經濟價值高的魚類，諸如金槍魚、鮪魚等等。這巨無霸靠的是風力和人力，所以船上漁工非有十幾個勞力不可。

幾乎所有漁民都以船為家，所以這巨無霸是兩三代人同堂的住所，叔伯兄弟再加上諸妯娌同心協力，要另請的漁工就不多了。和所有漁船一樣，要方二便，就在船尾一側，用木板圍個長、寬、高各兩尺的露天框框，就是所謂的廁所了。用時，跨進去掀起中間一塊板方便可也。由於遠離海岸作業，動輒一兩個月才回港卸賣漁獲和補充開門七件事、食水、漁具等。

話說三年前，有這麼一艘巨無霸「產增號」，月夜在深海航行，打算去另一個漁場搜捕魚群。二嫂懷著第三胎，夜半如廁，忽然大叫，人們從睡艙湧出，掌舵的老爺子就近最先趕到，探問究竟。原來，二嫂真的來個「大解」，嬰孩掉海裡去了。

---

2 單船進行拖曳底層網。

老爺子一個箭步跳回舵把旁，吆喝一聲，顧不得危險，趕忙把舵把使勁往右邊推到底，在船頭不知是誰，配合無間地把前帆的帆索一拉，緊接著把前帆推向另一邊，船身一側，嗖的一下，三張帆全都換了個邊兒，船在海面上劃了一個圓弧，立刻掉過頭來。這些行動都在電光火石間完成，儘管如此，船已滑離出事處一百幾十丈遠了。嬰兒的哭啼聲，在出事不遠處傳來。二嫂搶天呼地，痛不欲生，要不是有人拉著，不知會做出甚麼傻事。

船在周圍兜圈兒，用煤油大光燈探射……只見到遠處游過一群海豚罷了。折騰了很久，不得不放棄搜索，以失望告終。最後，老婆子和大伙朝著大海合十禮拜……

二嫂第三胎嬰兒——天賜，掉下海時，剛好有一群海豚經過，其中有一尾母豚剛剛喪子不久，於是天賜立即被牠據為己有且加以保護和扶養。當時天賜尚未自行呼吸，母豚用尾巴把天賜拋出海面，再跌下來時，用尾巴輕輕一拍接住，天賜口鼻的黏涎也隨之吐出，跟著便哇然大哭，從此開始自行呼吸。嬰兒在母胎十月已適應在羊水中生活，立刻就換在海水中生活，當然亦可適應。牠用胸鰭引導天賜去找到乳頭，母海豚自動噴射乳汁，天賜本能地喝上第一口高營養的乳汁。

海豚相互間不僅用叫聲溝通，還能以牠們特有的身體語言表達意願，更可以通過腦電波相互感應。這些，視客觀環境交

替著使用。牠感應到天賜需要呼吸時，就托天賜到海面。由於天賜需要呼吸較海豚頻繁，牠不可能帶天賜潛水太深，這倒符合循序漸進的原則。隨著時日的推移，浮出海面呼吸的頻數也日益減少。起初，不會游泳，海豚們用牠們的尖嘴輕柔而不斷地對天賜你推我揉，日子有功，無意中把所有奇經和任、督兩脈全部打通。「功能閥門」可隨意開關。

骨骼因適應水中生活也有相應改進，腰柔軟而有力，可作像魚類似的左右擺動，又能像豚類般作上下振作，踝關節可作較大角度的後彎，加上有漁民大腳板的遺傳，於是有如現今潛水時附加腳蹼一樣的功能，又學會了尚未人知的海豚游泳技巧等等。在水中，天賜的一雙強有力的腿，就相當是兩副螺旋槳。有謂「一櫓頂三槳」，天賜的一副螺旋槳何止頂三槳，加上手的強有力撥水，已可以跟得上海豚群在海中遨遊，靈敏度可與大鯊魚周旋。

由於營養高、運動量足，天賜鍛練得身體結實強壯、適應能力強，三歲孩子已長得像四至五歲。天賜也學會海豚用腦電波相互溝通，更是青出於藍而勝於藍，不僅強度大、送得遠，可以定向發送，甚至能干擾對方。他的各種功能在日後的遭遇中，一一顯示出來。

（三）

　　老兩口憑藉可觀的漁獲，生活日益改善。這必然引起周圍人們產生各種不同的反應。

　　人們紛紛要求老兩口帶他們去發現的新漁場。他們全給婉拒了，為的是保護天賜不被搶走或受到傷害，更主要怕犯上官非，被誣告拐帶罪。對窮哥們兒，寧可不時給予接濟也不透露一點口風。對其他人就更甭說了。人們請求不行，就跟蹤。老兩口發現有船跟蹤，故意向反方向引開，甩得掉，才駛去往常會合處，否則兜圈回港。顯然這不是個好辦法，他們於是採取黑夜出航。初時還可以，幾次以後便不靈了。泊港時，他們乾脆把船並排栓在一起，甚至被漁霸們的船隻圍著……逼得他們只能留在港內潮間帶灘塗處作業——高潮水淹，低潮露底。漁獲的質和量都直線下跌得很厲害，長此下去斷炊是遲早的事。

　　漁欄主，本姓甄，勾結官府，是漁港一手遮天、無惡不作的土皇帝。為了斂財和易於控制人們，三代下來，在鎮上除了經營漁欄外，更經營黃、賭、當舖、日用品雜貨店、漁具供應店和美其名的錢莊，實則進行高利貸勾當，當然少不了經營漁船修造坊，等等。可說是掌握了整個經濟命脈。

　　太老爺當家時，錢莊曾被江湖人物光顧，至此以後，規定後嗣要學武，還高薪僱有武師充當打手兼護院。假惺惺地要獨生子——現任漁欄主——能佈施仁愛於蒼生，特意取名為「佈

仁」。可能是報應，佈仁渴望至少也能生得個男孩，俾得延續甄家香燈。他空有一個正室八個妾侍，要麼無所出，要麼能生的都替他生女。

雖然給取上諸如「婷」啊，「珏」、「芷」等的名字，仍然停不住，絕不到，止不了……總之不管用！追生男追出十幾個千金。後來霸佔死了丈夫不久的遺孀，竟然誕下一個男嬰。雖然像往常一樣，妻妾群起反對，他仍把她納入為第九姨太。母憑子貴且維持再添男丁的意頭，她替嬰兒定名為「維男」。人們背地裡偷偷議論，維男的長相一點兒都不像佈仁。

老兩口遭趕盡殺絕，不予典當，不准借貸，不可賒欠，不讓出潮汐帶、灘塗以外……老兩口終於斷炊。走投無路，一天上午，他們被迫拿了黃豆般大的那顆珍珠，故意惹起一大幫好奇的人一齊到當舖舉當。他倆心想，在眾目睽睽之下，量佈仁也不敢私吞。這想法只對了一半。當老兩口和尾隨的大幫人走進當舖，掌櫃的本想奚落幾句難聽的話，但一見到那顆絕世奇珍，張大了嘴合不回來，愣了好一會，三角眼睛轉了幾轉，心想，在眾目睽睽之下，即使能據為己有，也逃不過甄佈仁的掌心，偷雞不著蝕把米。倒不如順水推舟，撈個霧水人情，由甄佈仁去撿這個便宜，也算立了個大功。

掌櫃於是改口說：「哎喲兩位，這可難為我了，小本生意付不出多少好價錢，是否請兩位先進來喝杯茶，慢慢仔細參詳參詳。」

　　按理，出不了價錢，接受不了典當，本該將物品還給人家才是。兩個老實人不知是計，滿高興地進去喝茶。他們一進到裡屋，便被幾條大漢鎮住，跟著掌櫃帶同珍珠從後門秘密押送到甄府大宅。甄佈仁都還沒有起床呢，老兩口在偏廳等了好一陣子，才見甄佈仁帶著滿臉不高興的神態步出大廳來，雖然夜夜笙歌，到底也算是個練武的人，加上養尊處優，看來還滿精壯。那掌櫃連忙卑躬屈膝地趨前奉上珍珠并且在他耳邊小聲嘰咕。只見佈仁臉色為之一振，哈哈大笑：「我說嘛，昨晚做了個好夢，必有好事臨門，不出所料，真靈驗啊。好，把他們帶過來！」

　　「你兩個大膽賊子，這顆珍珠從哪偷來的？老實招來，要不送官府去受牢獄和皮肉之苦。」

　　「老爺，這絕不是偷的，我們做海的，當然是從海裡來的啦。在老爺面前絕對不敢說半句假話。」

　　「你們這兩個冥頑不靈之徒，不給點顏色看看是不會低頭的。老實告訴你們，這是我們甄家三代相傳的鎮家之寶，量你也沒有這個能耐從我這裡偷走，快供出主謀人有你們好處，否則要你知道本老爺的厲害！」

　　「冤枉啊老爺！」

　　「把他們拖下去！分開來拷問這是從哪裡得來的？」

「是！」如狼似的家丁們把老兩口連推帶拖簇擁而去⋯⋯

「稟告老爺，那兩個傢伙，昏死過好幾次，都矢口不認，兩個都說是海豚唧來送的。」

「都鎖到柴房去，慢慢拷問，要他們供出打撈地點，千萬別整死，斷了財路。」

老兩口是老實人，說的是實話，就是沒供出天賜而已。

甄家倒也真的有顆祖傳珍珠。趁出此事，佈仁領維男到密室去觀賞，因為遲早都要傳給他。外行人都看得出來，兩顆珍珠放在一塊一比，不論是大小、晶瑩度或渾圓度都可以輕易地把甄家之寶給比下去。

維男說到底確實不是甄門子嗣，沒有他們 DNA 的遺傳。幾天以後，戒備稍微鬆懈，維男在夜色昏暗的雨夜，放出老兩口，由後門接應的窮哥兒們背負送上蝦艇，讓他倆漏夜逃亡去了。

佈仁萬萬想不到，竟是他的寶貝油瓶兒子幹的好事兒。

（四）

老兩口帶著傷，與天賜會合後遠走他鄉。可惜，天賜還不知道可以用他的特功替二老療傷。半途上，老婆子捱不住，含冤去世。他們在岸邊荒山找較平坦的地方草草將其埋葬，由於不識字，老頭找個長條柱石豎埋在墳前，待他日重來奠祭時有個記認。老頭老淚縱橫，悲憤難平，依依揮淚離去。四歲的天賜感應到悲憤之情，但是還理解不到含冤去世的真正含義。他認為不需要也不用問任何理由，弱肉應供強食，是天經地義的事。天賜還不懂得人類分辨是非的標準。

在新的環境，雖然人生地不熟，但這對天賜來說卻成為熟悉人類社會的好條件，因為可以名正言順地以爺孫關係上岸公開活動。

在大魚吃小魚、弱肉強食的簡單原始規律支配下生活過的天賜，懂得如何趨吉避凶，早已開啟了對外侵危險的自動感應閥門。這點是天賜今後在人類社會中打滾時能逢凶化吉的基本優勝條件。

除非是大富大貴，人離鄉賤，是永遠顛破不了的真理。爺孫倆多少都會受到本地人的排斥。

為了掩人耳目，他們都是夜晚才出海作業，天未亮別人出海他們回港，近晌午才挑漁獲去魚欄出售。有天賜的協助，漁獲質優量多當然不成問題。

不需很久，地痞和流氓就嗅到「腥味」，在爺孫倆賣完漁獲回艇必經的僻靜小巷裡等著，打算做爺孫的世界。爺孫倆一拐進小巷，天賜就感應到不妥。對爺爺說前面的人想搶我們的錢，不過不用怕，只要我們兩人一齊打他，就可以趕走他。天賜的經驗裡，一群海豚合力，就可以趕走一條大鯊魚。

當那流氓來抓爺爺時，天賜在流氓腰部一推。乖乖隆地冬！那流氓直飛出七、八尺遠，整個人撞到磚牆上，昏了過去。兩人趕忙快步回艇。爺爺緩了口氣才對天賜說：「天賜原來那麼厲害，普通的幾個大人，看來你一個人就可以對付了。爺爺有你保護就安全了，不會有人敢欺侮我們。」

天賜有了這次經驗，大略知道人類的實力遠遠遜於鯊魚。按照剛才的經驗，他覺得爺爺說的很對。

傍晚，所有漁船陸續回港。一方面要報仇，另方面想殺雞儆猴，剛才那流氓選這個時候，糾眾各執武器，在岸邊罵陣。漁民們躲在船篷後面偷窺，只見天賜一個小孩上岸應陣，人們都為他捏一把汗。

流氓們早知這小孩厲害，七、八個流氓從三面衝上來，二話不說，向背海的天賜同時舉械發難。只見七、八條大漢和武器嘩啦啦地反彈，全部滾跌在地上，個個虎口爆裂在淌血，有的甚至脫臼，天賜卻仍然好好地站在那裡，根本像沒動過一樣。看的和在場的都不知道是怎麼回事，躺在地上的嚇矇了，好一

陣子才知道痛，哇哇大叫，另手抱著傷手，屁滾尿流地狼狽鼠竄。人們這時爆發出掌聲和歡呼，因為平時欺詐他們的這些地痞流氓受到了懲戒。

在共同讚佩和感激之餘，人們背地裡不免也議論紛紛：「看不出，小小年紀，竟然是身懷絕技的武林高手！要是他爺爺出手那不更了得！？」

「哇！快得連任何人都看不出是怎樣出的手？是不是那老的在背後使妖術？」。

……

總之，人們對兩爺孫既敬又怕，但是都把初時抱有不同程度的排外情緒，一掃而空。

爺孫倆在船艙裡細聲地在交談些甚麼。「天賜，剛才是怎麼回事？他們可是一齊出手的啊。」

「爺爺，我可以隨意像平時一樣看東西，也可以看見很快的的東西。爺爺不明白？我可以把很快很快的東西看成很慢，剛才你們看來他們好像是一齊出手的，在我看來，其實是有先有後的，當我這樣看的時候，只要比他們快，就可以一個一個打他們了。我比他們還要快得多，你們怎麼能看得出呢？我可以隨自己的意思去看很快或者看平常快的東西。當有需要或者危險時就會自動看快。」

「哇，天賜你有這麼大的本事。真了不起！你又怎麼預先知道有人要搶我們的錢？」

「我不是預先知道的，是那個人告訴我的。又不明白？我們海豚在水裡不可能像人一樣說話，只要想，不用說大家就知道了。我當然也會啊。那個人想搶我們，就是在告訴我了。好像我們現在的談話，不用爺爺出聲我就知道你明不明白。」

「哇呀呀，天賜越說越玄。可不可以教爺爺？」

「啊呀，不知道怎麼教啊，我沒學就會的呀。但是我可以讓爺爺知道我在想甚麼。」

「太好了！以後我們不想讓其他人知道的事就用這辦法交談。現在就試！」

往下爺孫倆無聲地談些甚麼⋯⋯

爺爺覺得自己是一字不識的一介漁夫，幫不了天賜多少忙，怕會埋沒他的天賦。只有讓天賜讀書，才能更好發揮他的潛能。就這樣，夜晚捕魚，爺爺白天讓天賜上私塾讀書。

在私塾，老學究發現天賜又一潛能：他曾拿過學究的一本書，從頭一頁一頁毫不經意地翻到底，過目不忘的能力非同小可，全給記住了。一目十行者怎能望其項背？天賜只是不會讀，也不知是甚麼意思。

　　這是如何發現的呢？天賜很快學會了運筆寫字。有一天早上，私塾老學究要學童們在一個上午，把這些天教的一篇文章全默寫出來。他把所有書都鎖進櫥櫃裡，出去辦事。中午，老學究回來收卷，當看到天賜的簿子，竟然一字不差，而且連字體也模仿得極相似地默完一本書。說極相似因為尚欠火候是也。天賜這下子把老學究嚇一跳。平時只知道這小孩聰穎過人，想不到還是低估了他。

　　爺爺經常提醒天賜要保持低調，天賜根本就不懂得甚麼是炫耀，也沒必要炫耀。這次是遵循爺爺和老師平時的教導：要用功，要勤學，不要荒度光陰。天賜默完指定的文章，還剩很多時間，其他同學去戲耍，天賜用這段時間把整本書默完。

　　老學究幾十年的文學修為，天賜僅用了一年時間，便全部承領過來。在飽覽群書、涉及諸子學說之後……天賜的思維和言辭，簡直就是個小學究老人精。

（五）

平時，一出海，天賜就和海豚們聚首，敘敘「天倫」之樂，保持與牠們的深厚感情。充分的體力鍛練加上豐富高營養的補給，使六歲的蒙天賜長得像常人十一、二歲那麼高大，人們要不是眼看著他成長，是難以相信這事實的。不僅是個子，天賜在思想方面也比同齡兒童成熟很多很多。大夥給他取了個「天下無敵文武全能神童蒙天賜」的名號，就此傳開。人怕出名，豬怕壯。江湖中的甚麼：神拳第一、金刀無敵、快劍獨尊、花鎗勾魂、水中霸主、萬壽聖手、輕功唯我、攝魂使者等，紛紛挑戰。

因為都是單項頂尖，眾人抱著文無第一、武無第二的心態挑戰。贏了，砸了天賜全能和無敵的招牌，更提高自己的江湖地位。

在此挑一些戰例說說就行了，其餘戰果完全不言而喻。

接受了「神拳第一牛項羽」的挑戰。天賜為人敦厚，為對方留下顏臉，特別選在荒蕪難登的山頂比試。

「請少俠賜教！」牛項羽抱拳招呼，的確有宗師的風範。

「牛大俠神拳威鎮江湖，非浪得虛名。比武不外是擊敗對方為勝。小子從未拜過師學藝，一招半式都不會。在下站著，請大俠賜教三拳，擊敗在下為勝。請不要客氣留手。」

　　牛項羽心想，還挺托大。神拳不只在招式上取勝，威力還可一拳爆石。接受挑戰者既然提出了比試方式，如不同意就有違江湖規矩。看來這少俠為人也挺敦厚，毫無江湖味兒和經驗。卻也不敢輕敵小覷，難道他已達到「無招勝有招」的境界？！

　　牛項羽抱拳說聲：「那就恭敬不如從命，老邁這就出拳，少俠注意了。」用六成功力一個黑虎偷心送出。結果，像是打在棉絮上，一點都不著力。牛項羽心中一懍，運氣將功力提升至八成，一拳打在天賜頸項的喉核上，結果和第一拳一樣，力道如泥牛入海，化得無影無蹤。他心想，煉硬把式的金鐘罩、鐵布三也好，軟功中的棉絮功、吸功大法也罷，定有死穴，而且多半在眼睛。到這個時候顧不得以大欺小的顧忌，保名節更重要。他於是運足十成功力，一拳往天賜的眼睛閃電般攻去，卻好像在打空氣。他下意識地檢視自已的拳頭，為何這麼不濟。只見天賜故意登登登地退了好幾步，站穩後抱拳道：「大俠好神拳，天賜服輸了。」

　　「哎喲，少俠客氣，是老朽輸了，謝謝，承讓！」

　　牛項羽唯一帶上山頂壓陣的大弟子面有喜色，只有牛項羽自已知道是天賜的仁厚故意讓的，所說的承讓，不是往常一樣贏了的客氣話，的確承了讓。

　　這邊唯一跟上山的是爺爺，他又在一邊納悶了。天賜通過腦電波——所謂的心靈感應告訴爺爺：「他雖然一拳碎石，一拳打爆牛頭，但是我肌膚的防禦能力可以迅速地把這些力道分

散到全身儲起來，你想每個毛孔能分得多少，少得很吶，挨揍得越狠，獲益就越大。一旦用這些力道回敬，怕他自己吃不了也該兜著走。剛才看老拳師還屬正派，給了台階，讓他好下。多了個朋友該比毀了個人好得多。」看來天賜成熟了。

……

屬於甄佈仁那一類人的「萬毒聖手宋棣輔」，是一個黑道人物。有一天著人遞來一封挑戰書，封面寫著蒙天賜少俠親啟，內裡只說是七日後晌午登船拜會。下款具名「萬毒聖手宋棣輔」。這是一貼無香無味的劇毒，連他自己都無藥可解，只要開啟信封口便立即中毒，中毒後毫無感覺和症狀，七天後毒發身亡。天賜的防疫閥自動打開，用罡氣把身中劇毒集中一起，壓縮成綠豆般大的小丸，使之不起作用且置於左手尾指端內。

七日後，一個相貌堂堂、風度翩翩、一身素縞的人提著香燭來會，這人竟是魔王「萬毒聖手宋棣輔」，真是人不可貌相。天賜出迎，互通姓名後，他嚇了一跳，沒敢吭聲，回頭就走。難於相信天賜竟然一點事都沒有。他用此法不知排除了多少異己，擺平過多少無辜。他們的比試七天前開始，七天後互報姓名而結束。在相互抱拳作揖時，天賜已把原毒奉還，置於他的膏肓處，慢慢把毒釋放出來，一個月可見端倪。一個月後魔王「送地府」暴斃，任誰都不可能知道是甚麼回事。天賜在輕描淡寫之中，替天行道，除掉了一個人間魔頭。魔王死訊傳出後，人們無不拍手稱快。

……

亦正亦邪的人物「攝魂使者姚舜禹」，武功可擠入高手行列，最屬害是她的攝魂術。她的攝魂術，不是甚麼妖術、符咒等等之類，而是與現代的催眠術類似，但是比超級催眠大師強很多倍。可以置人於死地、癡呆、瘋癲、失憶、奴役、興奮、治病甚至破案等等。她完全順著自己的一時喜惡來施攝。任誰都摸不清她幾時喜？何時惡？還是避之則吉。

「攝魂使者姚舜禹」是位女士，由於保養得好，看上去年約四、五十歲光景，實則已年屆古稀，仍「老」姑獨處，亦不收徒。她五歲喪失父母，寄籬外婆家，九歲外婆逝世，不堪舅父、姨媽等人冷眼虐待，離家出走。童年命途坎坷，養成性情怪癖、憤世嫉俗、喜樂無常的性格。後為南山聖女收養，亦女亦徒。她性情大有改善，惜本性終難根除。

她也許童心未泯，出於好玩，想試試全能的蒙天賜，在攝魂領域是否也「能」？於是突然來訪。

一見面，天賜搶先深深作揖：「姚老前輩，小輩蒙天賜在此向您請安。不知有何賜教？一併在此先謝了。」

所謂禮多人不怪，姚舜禹非常受落，打心裡先喜歡眼前這少年。高手過招，一上手便知好或醜。她心想，從未謀面，未經通報，已經以姚前輩稱呼，看來是同道中人。不知還知道老娘些甚麼底蘊？倒要小心對付了：「少俠客氣，老身只是好奇，

只聞少俠威名，特來一睹風采，果然英雄出少年，可喜可賀！」姚舜禹抱拳回禮說。

「小輩六齡稚童，入世不深，孤陋寡聞，對江湖事更是閉塞得很，若有不周之處，請前輩包涵之餘尚祈多多賜教。」

好傢伙，這不卑不亢的簡單幾句話，像是衝著回答老娘的疑惑來的。這小子將來必非等閒之輩。為難啊，除之可惜，不除則後患。

「老前輩在上，小輩冒昧地想高攀，不知有沒有福氣能認您做乾奶奶？」

「哈哈，哈哈，好，好！甚麼高攀不高攀的，有你這麼一個孫兒，不知是我幾世修來的福氣是真！」

姚舜禹心想，啊呀，這孩子，一下子便用最好不過的結局來解決了我心中的難題。她由衷地高興。

「奶奶在上，請受孫兒蒙天賜一拜！」天賜扑通一聲跪倒在甲板上，叩了三個響頭。

「哎喲，我的乖孫，起來，起來。讓奶奶再仔細看看你。」姚舜禹捧著臉摸著頭，滿臉慈祥，沉醉在從未享受過的幸福感覺之中。可能這就是所謂的緣分！當然更是，從來沒有人如此以親情來激發起她深埋在心底、女性固有的母愛的緣故吧。

　　江湖人物，只重承諾，不需甚麼繁文縟節，他倆從此結成婆孫。本將屬腥風血雨的比試，祥和地收場。

　　「奶奶，接觸到您的手，覺察到您老人家不時被心痛所折磨，其痛難耐，尤其是極度運功之後。這種痛藥石無效，針灸無能，又不能運功鎮痛，越鎮越痛，對嗎？」

　　「哎喲，不愧是全能乖孫，連岐黃之術都懂，看來奶奶的隱疾有救了。」

　　「奶奶的病是有一股氣，不受制約在亂竄，所以一用功過度，它就攻心作怪，照理是有得醫。只要能把這股氣除去便痊癒了。讓孫兒再仔細替奶奶診診脈看。」

　　蒙天賜是在飽覽群書中學的醫術，毫無臨床經驗，想藉此考驗一下。更重要是有以下意圖的。

　　「奶奶，不瞞您說，這股氣是奶奶練攝魂功的孿生姐妹，這妹妹叛逆，不受羈絆。所以當極度運姐姐功，妹妹叛逆就愈甚，就是這個道理。而且還阻礙奶奶功力更上一層樓。要困住惡氣，攝魂功也會隨之下降，但是奶奶有數十年的修為，在攝魂的領域裡仍屬前列之輩。而在功力方面卻得益，立即提升，可居武林高手前列的數名之內。如何處置？恭請奶奶定奪。如此大事，不急於一時，請慎重考慮為是。」

天賜用感應法幫姚舜禹想：甚麼攝魂聖手，看來我的寶貝孫子比我還強，看化了吧！這麼大歲數了，逞甚麼強，享受失去多年的健康、快樂和天倫之樂吧！……

「好吧，乖孫兒，就替奶奶去掉那股冤氣吧！」

天賜事先把防外侵閥打開，護著自己。然後他把手輕按在她的百會穴上，請她向他施攝魂功，順著她發功的途徑，找到她的發揮攝魂功的閥門，隨即將它關小，同時把自己歷次儲存的功力輸一部分給她。真是在舉手間便完成了。有新的功力輸入當然覺得特別舒暢。姚舜禹繼續加強發功力度至極限，果然不再心痛，高興得不得了。而且她發現，攝魂功對天賜毫不起作用，真是由衷地折服。

那閥門關小了，非尋常時，不能即取無辜人的性命，不能再令人……總之不能極度害人。等到她真正去掉戾氣，便可再把該閥門打開，去扶弱鋤奸，造福人群。這是後話。

（六）

　　爺孫一年多來的積蓄，小艇換了中船，沒有小蝦艇那麼顛簸搖晃，住得較舒適寬敞，而且可以到較深的海域作業。姚舜禹來得合時，有地方可安置她住下。一齊遨遊大海，同過新的生活，享受婆孫天倫之樂。婆孫倆彼此都得益匪淺。

　　姚舜禹給他們講述江湖傳聞和趣事，令人咋舌的江湖詭譎、虛偽和奸詐。姚舜禹還給天賜傳授拳腳兵器的招式。姚舜禹只需演練一次，天賜就記住也會演練，剩下的是如何應用到實戰中。如此一來，天賜真是如虎添翼。

　　天賜天真無邪、充滿童稚而好奇的眼神，坐蓆依膝昂首聆聽姚舜禹訴說家常和故事，吃她做的可口飯菜時那滿足的表情等等，這些細微的瑣事都觸動了姚舜禹母性的細胞，這種從未有過的溫馨感覺真好！這就是天倫之樂？！

　　天賜教她閉氣的龜息之法，把足夠氧氣儲存在每個細胞。不僅可以較長時間不用補充氧氣，還可以抗高壓，即能潛入較深水底。以姚舜禹的功底，她很快就掌握了。天賜又教她海豚語言，由於比人類語言簡單得多，姚舜禹也很快學會了。在攝魂大法的基礎上，她稍稍改造一下、指點一下，幾天光景基本掌握腦電波相互感應，可以和海豚們交談了。因為沒有天賜那樣的機遇，要達到他的水平可以說永遠也做不到。

萬事俱備，天賜帶姚舜禹下海，循序漸進。以她的修為，不幾天，便可以潛入海底。哇！呈現出另一個花花世界，七彩繽紛，各種魚類目不暇給，大開眼界，真是樂而忘返。

……

當兩婆孫各陳身世，因為同是天涯淪落人，所以容易引起共鳴。

「奶奶離家後，有沒有想著再回去看望？」

「咳，何必再觸動過往的傷心事，自尋煩惱呢。當年雙親和弟妹在逃難時失散。兵荒馬亂過後，我隨著外婆回到老家，再也見不到他們。數十年過去了，上輩人相信全已作古，同輩形同陌路該也凋零，下輩人更不相識囉。再生母親兼恩師騎鶴西逝都近三十年……咳，不說也罷。」

姚舜禹眼淚早已乾涸，唯嘆遺恨。她停了一會繼續說：「孫兒你連雙親是誰，故鄉何處？都不知道。來到人世後，屢逢奇遇，總算異數。唯獨是替蒙奶奶不值，現在也該是報仇雪恨的時候了。順道，去立回個石碑，拜祭一番。蒙老弟認為怎麼樣？」

蒙爺爺和天賜當然十分贊成：「甄佈仁為富不仁，壞事做盡，罪該萬死。再說，與甄佈仁有仇的何止我們一家，更應該為所有仇家討回公道！但是，甄維男對我們有恩，也當有恩報恩，免佈仁死罪吧，但活罪難饒！」

「這就去定製石碑，鑿好石碑立即起程。」

……

為孤墳添土立碑，墳前豎起了天賜用魏體親筆書寫的「蒙氏奶奶之墓」，下款是「孫蒙天賜立碑」。爺爺又是悲憤欲絕，老淚縱橫……

怎樣去設計甄佈仁呢？

「薑是老的辣、經驗足，還是奶奶您掛帥兼出主意吧，趁機讓不老寶刀再露鋒芒。」天賜提意。

「好，奶奶增加了功力，也有些技癢，想秤秤他們到底有多少斤兩。要接近這魔頭不容易，所謂橋段不怕老，只要用得巧，看來要按上次當珍珠的辦法再用一次了。可不可以借那顆大珍珠一用？」

「不要說借那麼見外，儘管拿去用。」爺爺答。

「爽快！我和孫兒都是生面孔，扮成漁家母子，在趕集人群中，裝著不小心揚著大珍珠，既神秘又躲閃似地，先後問幾個人，在哪裡可以典當？跟著甩往下說，精彩好戲就在後頭了。蒙爺爺是熟人，不宜露面，把我們兩送上岸後，把船駛離岸邊等候好消息。我們得手後，在他大院放煙花報捷，以此引人們到大院來湊熱鬧。大體是這樣，具體情況婆孫倆隨機應變了。你們認為怎樣？」

「太好了，就這麼辦。據說他有好幾個黑道上的狠人物。奶奶清不清楚他們的底細？」

「他們只不過是二、三流角色罷了，不成氣候。要防的是他那些下三濫的勾當：甚麼暗箭啦、陷阱啦、毒氣啦等等。這些事先不可預知，倒是要小心隨機應變。」

「奶奶施法的有效距離可達多遠？」

「空曠地方十丈之內不成問題。」

不出所料，婆孫倆被綁赴甄家大院，由甄佈仁魔頭親自施威，重演兩年前的強搶豪奪的勾當。只是對象不同了，是江湖上聞名喪膽的姚舜禹。

大清早，這幕伏魔戲在姚舜禹的導演下揭幕了。

「你們是從哪裡偷來的？老實招供，否則送官法辦殺頭！」

姚舜禹存心調侃他，就像貓抓到老鼠吃前的戲耍一樣。「哎呀，不行，不能殺我們，殺了我們還有兩顆珍寶你就永遠得不到了。」

「你們是道上的朋友？失敬，失敬。剛才冒犯了兩位，不知者不罪。請兩位多多包涵。」甄佈仁作揖賠禮，轉對下人吆喝，「還不給兩位鬆綁。」

「不用勞駕各位，這麼一點小玩意兒就能困住我們，還有臉出來混？」「崩」的一聲便把五花大綁的麻繩震個寸斷。

「好功夫！恕甄某孤陋寡聞，請教兩位君子屬哪個道上的？樑上的？」甄佈仁托大而出言不遜，顯然把他倆當作無名小偷之流。

「你說對了一半，君子倒沒錯，可不是樑上的，是正道的。」

「正盜？該是新門派了，難怪，難得。該有個立萬的麾號吧？」

「初試啼聲，你日後當能知曉。言歸正傳，這買賣出的甚麼價？若談不攏，我們可以另找顧主，如此奇珍，必定有人搶著要，到時切莫後悔。看得起你才先來打個招呼。沒關係，生意不成，仁義在。」

「你們先出個價。」

姚舜禹用感應術通知天賜：「看準時機，把珍珠換回來。」

姚舜禹開聲出價：「這顆珍珠歸我們，另外那兩顆歸你。」

「嗨，這算是哪碼子買賣？這顆本來就是你們的，再以未到手的送給我，何必兜那麼大的圈子？到底葫蘆裡賣甚麼藥？膽敢在此撒野耍甄某？」他一邊講一邊使勁攥緊握著珍珠的拳頭。

「你別急，我們又跑不掉，聽我慢慢道來。你大概聽過懷寶其罪吧？如果你有兩顆，我只有一顆，對付你的可能性比我大一倍，我的安全性大大地增加了。現在懂了吧？」

「這明明想嫁禍於我，把我當擋箭牌、替死鬼！你認定我會上當嗎？」

「這是明益你是真，你甚麼都不用出，白得兩顆奇珍，還想怎的？針沒兩頭尖，你怕啦？算我們找錯人。只好另找明主了。」

「我甚麼時候說過怕來？這樣吧，這一顆先放在我這裡，拿了那兩顆再來換回，怎麼樣？

「到時你不認帳，我們怎麼辦？」

「你信不過我？」

「信要互信，你先要留下這顆作抵押，算得是相信嗎？」

「好吧，你告訴我，那兩顆現在在哪裡？」佈仁不作正面回答，把話題又開。

「行，隔牆有耳，你湊過來我告訴你。」

姚舜禹把戲耍夠了，開始下一幕，於是在他耳邊大聲嚷道：「就在你的秘室裡。」

佈仁嚇了一跳。算他機警，往邊一跳，順手觸動了機關，「卡搭」一聲，地板往下一翻，婆孫倆掉下密室。本來這玩意兒是難不住他們倆的，為了要把戲演下去，引出更多的魑魅鬼魅，假裝中招，藉此麻痺敵人。

話說兩頭，說時遲，那時快，就在佈仁嚇一跳的霎那間，天賜以快到人類所看不到的身影和手法，用同樣大小的圓石子換回那顆珍珠。

當機關的掀板重新合回的同時，強弩從四面八方射向他們，但都被天賜一一撥落或接下。天賜還發現有隻眼睛在牆角隱秘處的窺孔探視，他將手中的弩箭快比閃電般射去。只聽得咚的摔倒聲，來不及叫出聲便報銷了一個，不知怎的又出現另隻眼睛，天賜照葫蘆畫瓢，又送了一個歸西。

原來，這兩個在黑道上也稍有些名氣的兩兄弟，都是修橫煉功夫的，老大毒眼蛟趙高練的是鐵布衫，老二毒眼龍趙央練的是金鐘罩。為了減少一個死穴，修煉前自殘一隻眼睛；老大自殘左眼，老二自殘右眼。老大窺視，死穴中箭貫腦立見閻王，老二以為在發亂箭時，是老大自己不慎中招，於是窺探，自己送上門，直入地府。不費吹灰之力，天賜解決了兩頭殺人不眨眼的兇狗。

不久，從幾個秘孔吹入縷縷無味青煙。天賜密語通知姚舜禹，運龜息功閉氣裝中招躺下，這樣不必費勁就可以出這陷阱。

姚舜禹也用感應術稱讚好辦法。天賜一邊用弩箭射穿自動閉回去的窺視孔，同時運功把毒氣從來孔和窺視孔逼出去。看來又有走狗步入黃泉。

不出所料，歇了好一會，幾條大漢穿著從頭罩到腳、只露出兩隻眼睛的棉襖，從外打開秘室門進來。還不知怎麼回事，就給婆孫倆撂倒了。婆孫倆出了陷阱，拾級而上，到了偏廳的一個小房間。轉到大廳前，佈仁的全部親信和得力爪牙全集中在那裡。

此時只聽得佈仁的聲音：「這兩個不知好歹的孬種，用石頭子兒充寶貝，能瞞得了本大爺嗎？竟然膽敢在太歲頭上動土，現在成了刺蝟，拿去餵豬！也不打聽打聽本……」

蒙天賜和姚舜禹婆孫倆，不知幾時已出現在大廳裡。佈仁沒說完的話，梗在喉頭再也吐不出來。姚舜禹見到群魔共聚，事不宜遲，施展攝魂大法，頓時全部變成無魂的走肉行屍，定在那裡。其中，一童顏白髮的高手，膺具「閃電手」稱號，非浪得虛名，一見他倆已有警惕，所以中招不深，以他數十年修為的功力衝出控制，正欲發難就被天賜更快的身手、運用姚舜禹教的擒拿術，箝制得動彈不得。不禁仰天長嘆：我「閃電手雷霆」今天敗在「攝魂使者」姚舜禹手中也就認了，想不到竟栽在一個小孩兒手中，只嘆技不如人，英雄出少年啊，敢問少俠大名，對自己輸也輸得有個交待。

姚舜禹回答：「你眼前這位是名震江湖、鼎鼎大名的『天下無敵文武全能神童蒙天賜』是也，栽在他手裡沒甚麼好羞愧的。能和他交手才是你的福氣。你也算是有頭面的人物，為何會為虎作倀、助紂為虐？是否有難言之處？」

「咳，一失足成千古恨，不堪對外人言。不說也罷。」

「奶奶，看來這位老英雄，有難言之隱，想必不會死心塌地，真心為這魔頭幹事的，罪不致死，應作分別對待。奶奶認為如何？」天賜說話間已放開雷霆。

姚舜禹回答：「但畢竟是曾同屬一窟，雖然『我不殺伯仁，伯仁因我而死』。若輕輕放過，如何對得起『伯仁』，再說會留下歹徒以串通賣主的口實，壞了老英雄名聲，比死更難堪。這樣吧，廢去武功吧。」

「不行啊奶奶，老英雄幾十年修為毀於一旦，是件很殘忍的事，留一部分好嗎？」

「老英雄你自己意下如何？」姚舜禹問。

「兩位宅心仁厚，替在下考慮周全，萬分感激，口服心服，聽憑處置。就此一去，遁世山林，不問江湖事，以度殘年，衷心感謝兩位。」

「請老英雄原諒，小子放肆了。」天賜抱拳一揖，把手置雷霆的百會穴，將他九成功力隔空遙輸給了姚舜禹。他事先對

姚舜禹密語：「奶奶小心，孫兒手一按他百會穴，你氣守丹田，領引來勢作快速運行三周天，最終納存丹田。」

姚舜禹迎接來勢時，感覺到如脫韁野馬，甚為不羈，強行導引三周天後，立即被馴化，可納為己用。這一切在須臾間完成。姚舜禹心中有種奇異的感覺，此功力雖甚為不羈，卻又似曾相識，這念頭一閃而逝，也不放在心上。

「趁這群牛鬼蛇神未醒，請老英雄悄悄先行離開。就此別了，但願有緣再會。」

「兩位，再會！請受老朽一拜。」

雷霆尚未跪下，就被天賜一把托住：「哎喲，老前輩這可折殺小子了，受不起呀！」雷霆無奈，只好抱著羞愧和感激的複雜心情，含淚離去。

剩下如何處置眼前這批魑魅。

「除了佈仁，全部處予永久失憶，有武功的全部廢掉。好嗎？」姚舜禹問。

「好，不殺人就好。不過以後會不會有人能解？」

「以目前奶奶蓄近兩百年的功力施法，看來很難找到人來解。」姚舜禹回答。

「好，就這麼辦。」天賜附議說。

現在，甄佈仁腦袋處於一片空白、完全聽命於姚舜禹和蒙天賜。

本來一開始，舜禹就可以施法，何必大費周章？

其一，自視甚高，童心未泯，想耍弄群魔；其二，按此佈置，可免有漏網之魚；其三，讓天賜看到江湖的狡詐和險惡；其四，給天賜在江湖中有個歷練的機會。

話述回頭，姚舜禹使佈仁下令：

一，全鎮所有人集中到甄家大宅前空地，有要事宣布；二，設法通知所有出海漁船回港，到大宅前集合；三，所有家丁和轄下店舖、作坊管事到偏廳候命。

天賜出去放煙花。整個鎮頓時沸騰起來。

甄佈仁向家人宣布，除了保留傳統的漁欄、漁船修造坊和漁具店之外，全部結業。留下的生意已足夠維持整個家族舒適生活有餘。今後一切都交由維男掌管，全家上下不論尊卑老幼都要聽命於他。十房妻妾，願離去者，贈二千兩遣送歸寧。留下的每房配兩侍婢。大宅留廿健壯男僕，料理所有宅內大小事務。其餘每人五十兩銀子遣散。即日執行。」

到偏廳，甄佈仁向人們宣布：「除了保留傳統的漁欄、漁船修造坊和漁具店之外，全部結業。主管每人一律五十兩遣散。嫌少？平時狐假虎威撈了不少油水，別以為老子不知情，一眼

開、一眼閉罷了。如有一筆賬交待不清，哼！要你吃不完就兜著走。特別是錢莊和當舖，所有來往借鑒，全部拿出公開，若有差池，該知道將會怎麼辦。主管以下遣散費減半，每人廿五兩。不得有異議。現在還不到晌午，限日落前辦妥，向維男大爺處交差，不得有誤！」

過了一盞茶光景，有人回報，錢莊和當舖主管畏罪自殺身亡。其他則挾帶私逃。姚舜禹通過佈仁說：「料有這一著，他們跑不遠的，來人，快追！追回有賞，想藉此撈油水，他們就是榜樣，快去！」

不久紛紛回報，讚老爺料事如神，在離鎮外幾個方向不遠處，找到已暴斃的他們。這顯示姚舜禹辦事縝密、攝魂大法的霸道。

傍晚，漁船陸續抵港，漁夫們紛紛加入到宅前空地的人群，只聽得議論紛紛，莫衷一是。這都意味著將有大事發生。見到久違的阿大在人群散播甄家大宅要變天的猜測。人們半信半疑，久久都不散去。

婆孫倆認為是時候行動了。他們押著甄佈仁到大宅門前，登上兩張大桌疊起來的講台。姚舜禹藉甄佈仁的口向眾人說話：「眾位鄉親父老，在下過往做了許多對不起大家的壞事，在此向各位賠禮道歉，願為此做出賠償。」甄佈仁向四周行作揖鞠躬禮。人群嘩然，呼聲雷動不息，人群開始騷動，呼喊著要報仇！要雪恨！……

在場面尚未失控前，姚舜禹和天賜運功同時說話，聲音不大，各不相擾，每個人都可以聽得清楚：「各位鄉親父老，請稍安勿躁，聽在下說幾句。」

這下子大家才注意到早上拿著珍珠問路的人，阿大趁機在人群中傳播開說，是他們促使甄家變天，是我們的大恩人！全場都靜了下來。

姚舜禹繼續往下說：「甄佈仁平時壞事做盡，今天落得如此下場，罪有應得，他已成走肉行屍的廢人，比死還難受。所以已經為大家報了仇，雪了恨。為後代積些陰德，再說，冤冤相報何時了？何必為這條狗弄髒大家的手呢。人死不能復生，泉下有知，也不想大家像這條狗一樣，犯了殺戒。饒他狗命，好不好？」

阿大帶頭，一齊喊好聲，此起彼落。

「大伙同意，我們就往下進行賠償。」八項宣佈如下：

一，與甄某有直接、間接關係而死亡或傷殘者，一律賠償一千兩。據實由公議定奪。

二，與甄某有直接、間接關係而被強佔之物，全部發還，如有遺失、損傷，折價償還。由公議定奪。

三，本鎮居民和漁民，在轄下店舖的所有賒欠，從此一筆勾銷。

四，本鎮居民和漁民，在當舖典當的物品，即日免贖取回。典當五兩以下的，一律額外補給五兩銀子。

五，本鎮居民和漁民，在錢莊借貸的款項，不論多寡，一筆勾銷。有還過利息的，原數奉還。

六，本鎮居民和漁民，不論男女老幼，按人頭算，每人分獲一兩銀子。

七，公議人員由：本鎮居民推選兩人，漁民推選兩人，甄家推選一人，共五人組成。

八，此事完畢以後，各方永遠不得再追究。

每項宣佈都引起長時間的雷動歡呼。人們最後紛紛下跪，喜極而哭，祈求兩大恩人留下姓名，以便長生供奉。維男亦跪地長拜，謝不殺父之恩。維男一念之仁救了全家。總之，場面動人，姚舜禹亦為之動容。

天賜牽著姚舜禹的手，一擰身，已經消失得無影無蹤，在場的人驚得目瞪口呆。都當是神仙下凡……

做件善事，普澤大家，萬世留芳。幹盡壞事，危害群眾，遲早遭殃。

在回程的船上，天賜向姚舜禹感激說：「此行，除了替蒙奶奶報了仇。又見識了江湖陰惡的一面。向奶奶學到處事的縝密周到。真是大開眼界，不枉此行。謝謝奶奶！」

姚舜禹亦感到痛快，還感慨良多：「說得益，應是我有生以來所無與倫比的，奶奶幫你僅限於事，孫兒反倒教奶奶如何做人，使奶奶像得以重生一樣，深感白活了幾十年。功力等的增進對比之下就顯得微不足道了。我要重新反省過去，所以上岸後，要和你們暫別。」

「奶奶打算去哪裡，去多久？帶孫兒一齊去好嗎？」天賜問。

「過去傷害過一些無辜的人和不應傷害的人，此去就是去還債，所以難說幾時再會。你爺爺還需要你照顧，所以不能帶你同行。保證一定回來找你們。」

「我們想過些平靜的生活，打算找個沒有人認識我們的大漁港落腳，甄大姐回來的時候只好勞駕妳到各大漁港找了。」蒙爺爺說。

「好，一言為定，三年之內再會！」

（七）

爺孫倆就近送姚舜禹上岸後，不再回航原港，另尋漁港落腳。

到了一個陌生的埠頭，為審慎計，不貿然入港亂靠碼頭，在天然沙堤僻靜處下錨，泊在一小蝦艇旁。環顧四周環境，只見三座小山的分布，如同把筆架拗成環狀，中央稍大的小山坐東北向西南，兩旁一般大小的山丘餘勢伸延出兩邊沙堤相望，但相隔仍有約百丈的西南向有入港口，港口外約四海里遠有一荒島成為屏障。港內浪小而開闊，的確是個天然良港。

原來在本海域，這漁港賈公鎮擁有四百來戶人家，幾乎都是為賈家從事各行各業，也算得是數一數二的大漁港。平時都有成百艘漁船和販售漁獲的貨船出入，逢過年過節或避風，可有成千艘各類帆船在港內停泊，真是千桅篦櫛，蔚為奇觀。

奇怪的是，全港到處張燈結彩，好像在辦喜事。

所謂「入鄉先問俗，出門首觀天」，爺孫兩捧了一條四斤來重還活蹦亂跳的鱸魚和水蒸竹筒過訪，向蝦艇老大作揖問訊。

原來，昨晚本漁港東主之一的東山賈仁大老爺的四姨太給他添了個龍鳳胎，按照賈氏族例，全港必須大肆慶祝三日。縣城的達官貴人也將於今天在這裡雲集道賀。

　　本漁港本來是不屬於姓賈的。老太爺那一代到這裡，成為唯一姓賈的，幾年光景便獨霸經營各行各業了。老太爺死了以後，兩個兒子便分家，賈家祠堂設在中山，長房霸東山，二房據西山。漁欄和碼頭，以及所經營的嫖賭飲蕩和各行各業都各分東西，楚河漢界壁壘分明。從此以後，不管擁有多少妻妾，兩房都是陰盛陽衰，傳到第三代，都只生一個單傳男丁。東山莊主是賈仁，西山則是賈義。他們身為堂兄弟，各懷鬼胎，明爭暗鬥，屬於面和心不和那類。

　　只有在過年過節、清明重陽祭祖才在祠堂「歡聚」，鎮上各戶按人頭攤派祭祀款項。也藉此機會，商議統一收、售漁獲價格。另外，兩房平均攤派款項（其實也是由鎮上各戶得來）給五服外的兄弟賈政買了個知縣做做。自然形成了官商勾結而獨霸一方的賈家天下。

　　本鎮居民，按東或西區門戶分別派發「仁」、「義」字木牌，無所屬字牌購物要加付字牌費。漁民則憑售魚票據在該區購物，汲食用山水，否則亦要多交附加費。

　　外來漁民為了方便購物更免得罪任何一方，漁獲少的分開兩邊售賣，漁獲多的大船隔次兩邊售賣。

　　……

　　爺孫倆獲悉了基本情況後，認為適宜低調大隱於市的條件，決定在此落腳。

　　漁夫們多數用竹籮盛裝漁獲售賣給漁欄，天賜兩爺孫則是抬著大木桶盛裝游水的活海鮮去售賣。迎合了辦喜事的需要，捐送賀禮，竟然獲得賞賜。兩掌櫃分別從大、二老爺那裡得到的獎賞就更多了。幾天下來，他們和兩邊的漁欄掌櫃混熟了。本地人想巴結猶怕來不及，哪裡還敢把他們當外來人加以排斥？

　　平時，有活海鮮，除了供應東西山兩家食用外，還分別自備有馬車由東西兩山口出鎮，繞至中山的山背直通官道，送到八九里外的縣城處，全部送到賈氏家族經營的「雅聚軒」。城裡所有官紳富豪，想吃活海鮮都得事先向「雅聚軒」預訂。當然，知縣太爺隨時吩咐一聲便可，不用預訂且免費送上。

　　「雅聚軒」依山丘修建，佔地五、六十畝。內有亭台樓閣、四時花巷、假山迷宮、綠樹蔭繞廿來畝旋迴曲彎的人工湖、石舫花艇、曲橋幽徑……供達官貴人們享樂的銷金窩。只要有關吃喝玩樂的，幾乎是無所不包。名廚掌勺當然不在話下，連東西南北中的口味以及各族名菜都可任點、名酒任喝、南腔北調戲曲皆備任訂、美女如雲任陪、番攤牌九各式賭局任賭……的確是個聲色犬馬、通宵達旦的不夜城。

　　哪隻虎狼不嗜羶？環視賈氏家族諾大肥膏似的家業，必有虎視眈眈者。所以，賈氏除了有官府勢力可利用外，還高薪聘請江湖強人護院。

　　正邪武林中人都紛紛應徵，多次更迭，汰弱留強。必然是越留越強。

（八）

　　一個不知來歷、無名無姓、無親無故，不屬魁梧卻又硬朗的老頭，不知何故，獨自遁跡在原始森林，蒼蒼群山圍繞，只有飛禽才能到達的偏山絕崖，過著與世無爭的生活。崖壁光峭高聳，連山羊、猍猍都上不去的地方，經常雲霧繚繞，崖頂方圓數十丈，像刀削般平坦，更長有幾棵過百年的蒼松，春夏兩季竟然也打理得綠草如茵。平時在崖下採集野果野粟、打些野味度日。每隔三、四年光景才拿些獸皮藥材下山，換些衣褲和鹽巴等必需品。故且稱他為絕崖奇叟吧。

　　在數十里方圓，杳無人煙，不畏炎夏寒冬、狂風驟雨，當然必屬輕功非凡、武功超群的異人。

　　一次，奇叟下山回程，村外有群丐童嬉鬧，發現其中一年約五歲瘦弱邋遢男童，卻筋骨雋永，是個練武罕有的好材料。於是來個集體催眠後，獨把他背赴絕崖教養。一年後再次下山，回程在山口的山神廟撿到一遭棄女嬰。亦師亦父，奇叟把兩小孩浸泡草藥，捶打筋骨皮肉，打通所有經脈，輸予功力，授予文韜武略，訴說江湖險惡……造就出文武全才，不畏寒暑燥濕，經得起挨揍和刻苦耐勞……男童取名任[3]中玉，女童叫任中瑛。

3　任：作姓氏時讀「rén」音。

　　小女孩由爬爬剛蹣跚學步，就學著哥哥的樣，用小腦袋頂著鋸掉犄角鹿茸的小母鹿玩鬥頂。這小母鹿是授乳養她的，當然不會認真，把她觝得在草地上翻滾，有草藥浸泡過確是不同凡嚮，小女孩不哭反而「咯咯」大笑。日子有功，不久便輪到小母鹿被頂得在草地上翻滾。當牠一見他倆要來玩觝頂，嚇得連躍數尺高，慌忙跳開躲避。相互追逐又成為練耐力和輕功的必修入門，寓習武於遊戲⋯⋯

　　奇叟所授的武術招式，是沒有套路可言。其實「說是有招，似無招；說是無招，勝有招。」一切始終貫徹著「快、準、狠」三個字。這三個字是從山野求生的經驗中升華出來的。機會往往一瞬即逝，機不可失，失不再來。尤其是生死搏鬥的關頭，不是你死就是他亡。要麼不打算或不叫做拼命，否則反擊要準不在話下，還要夠狠，在兩三個照面內定輸贏！就算要逃也得快。

　　總之，集諸派之精華，將其變招間之動作，濃縮升華，返樸歸真，使之無跡可尋於意料之外，實戰為用，更具威力。「招式詭異無倫，剛柔隨機應變，出手必取穴位，擒拿狠抓關節，閃避專等勢老，接招後發先至連消帶打，反擊借力開山，飛針百步穿楊，松針專破內功。」

　　所謂勢老，不少武術流派，一招之中可包含數式，中途因形勢而變式，以達防不勝防之效來取勝。若去勢已盡，欲變無從，此時閃避或反擊是成功的最佳時機。

　　崖頂幾棵松樹，長年提供的松針，成為暗器的最佳材料。當然，首要條件是具有相當功力，才能使之成為鋼針般的效果。它之所以能破內功，因為它不僅具有鋼針的尖韌，而且保留松針自己的特質——含有松脂，在快速旋轉釘入之時，反抗愈烈，愈會便激發鑽木取火、點燃松脂的效應，於極短時間內，直刺入穴位。單發百步穿楊，束發可罩一丈方圓。

　　松樹是任何山野最常見的樹種之一，供源易得，四季不缺，所以松針是奇叟傳授的最佳獨門暗器。中玉和中瑛的袖子裡任何時候都藏有一把松針，以應不時之用。中瑛的髮簪還經常吊著一串松針當飾物呢，一搖頭便可束射，直取目標。

　　有一次，中玉已有十六歲，和小六歲的中瑛，在崖下森林採集食物，剛轉出山口，與五六百斤重的大棕熊迎面相遇，在牠警戒距離之內，避無可避，逃不可逃。只見大棕熊站立起來比他們高了一大截，氣勢洶洶直撲過來。熊爪未到之際，中玉快如閃電，來個「踩虹撥雲」，一掌把大棕熊的下巴揍得脫了臼，接著順勢再來個「靈猿換斗」，另手搭在大棕熊的前臂，一個旋身避開熊掌的來勢，以其前臂作杠，來個單手大迴環，以圓周外圍的腳掌強勢，用腳掌內側砍在大棕熊的脖子上。「啪噠」的一聲，棕熊頸椎斷裂離位，延腦頓化漿糊，神經中樞就此切斷，諾大的黑熊連哼一聲都來不及，直見牠順著衝勢「登、登、登」地搶了幾步，才摧枯拉朽、軟棉棉地頹然倒地，這一切連消帶打均在電光火石間完成。

　　此時，匿藏在樹叢深處窺視已久的一隻黑豹，為爭奪現成戰利品，突然發難，帶著吼聲竄下，直撲二人，林中鳥亦嚇得離窠亂飛。說時遲，那時快，只見中瑛把手上一丈長的彩綾一抖，好一個「彩鶯展翅」，把黑豹的身軀捲個正著，順著來勢來個四兩撥千斤，借力開山向旁一送，兩百來斤重的黑豹被狠狠地摔在崖石壁上，只聽得「砰」、「喀嚓」的一聲，肋骨和脊椎骨砸個碎裂，黑豹就此報銷。

　　當奇叟聽見兩獸吼聲和群鳥亂飛，以最快的輕功飛身趕到，見兩少年已把險情擺平。小小年紀反應的迅速和應變的能力非同小可，雖仍未達爐火純青境界，亦老懷安慰，不枉平日教授之功。

　　沒有上乘的輕功，要上下絕崖，簡直是癡心妄想。若再背負滿載百來斤食品的籮筐，就算幾丈的高度，不借助任何工具，也休想能上得去。爺孫三人，只需用腳尖在垂直的崖壁蹬點下，不斷拔高或減速，便輕易地上上下下了。亦可手腳并用，施展壁虎功遊上遊下。奇叟還為他倆每人特製一件斗篷，可御風滑翔遠達數里之遙。

　　任中玉，小時候捱過苦，吃一口餅，睡有簷遮的一席地，都得費勁爭奪，得來不易。養成內蓄寡言、喜怒不形於外的性格。在奇叟調教下，他少了份戾氣，顯得文質彬彬，玉樹臨風，一派書生氣質。任中瑛，亭亭玉立，天真活潑，是人見人愛的絕色小美人。

　　奇叟為他們度身定做了防身兵器，採用山中罕有的幾種礦石，千錘百煉，秘方焠火，製成兩把削鐵如泥、專破內功的袖珍青鋒雌雄劍。雄劍連劍把在內長一尺三寸，劍身寬約八分，雌劍短半寸，劍把暗藏醃製過一丈長如絲柔韌的鹿筋，把劍擲出後，可藉此收回，所以也可以當軟兵器用，平時連同鹿皮製的劍鞘藏在袖內。雙劍合璧，威力非同凡響。為配合中瑛性格和身份，還特備一丈長、兩尺寬的彩綾當武器，收放自如，剛柔隨意。貫以內力，堅如鋼，可齊口斬斷如海碗粗堅實的櫸樹。身軀一旦被纏，如蟒蚺纏身，或肋骨寸斷；或隨每次呼氣而愈加收緊，窒息身亡。

　　奇叟還授予易容絕技，扮誰像誰，唯妙唯肖。更授予絕妙口技，獸言、鳥音、人聲，學啥像啥，直可亂真。

　　……

　　他倆兩小無猜，青梅竹馬，隨日月增歲，日久生情。小瑛及笄，奇叟為他倆主婚，金童玉女，結為夫婦。

　　翌年，奇叟著他倆下山雲遊、歷練、見世面。臨行叮囑：第一，江湖險惡，防人之心不可無，害人之心不可有。鋤奸之事直可為；第二，萬事皆因強出頭，處事宜低調。謀定而後動；第三，滿招損，謙受益，切忌托大，需知天外有天，人外有人；第四，不可洩露師承。

　　奇叟把幾年來在集市賣的藥材、獸皮等攢下來的碎銀，全給了他倆。還囑咐說：「他日生得一男半女，千萬要帶回來，讓我能享含飴弄孫之樂。哈哈哈哈！若在江湖上遇上亦正亦邪的『閃電手雷霆』，他有困難時，酌情可暗中協助，千萬不可與他有任何瓜葛。他和我是同門師兄弟，犯了門規，被逐出師門。幾十年來不知情況如何？少惹為妙。切記切記！」

（九）

　　小兩口拜別奇叟，輕裝上路，一路上遊山玩水。在山野生活當然難不到他倆，有村投村，或為患病村民用草藥、針灸治病，或代寫書信，從不計報酬，幾個饃饃、兩碗稀粥，有瓦遮頭夜宿，已十分滿足。遇到慢性或舊患者，多留幾天，通過灸針毫不著痕跡地輸入內功，祛外邪清內毒，治癒不少病患者，造福鄉民。亦代除獸害，諸如斑豹灰狼之類，僅取其皮，不另求報酬。若訪城鎮，在郊外破廟棄庵宿夜，不得已就投便宜小店。總之遵奇叟叮囑，連生活都低調處之⋯⋯

　　行行復行行，半年光景的行善除霸，倒也闖出了小小名氣。分別贏得「玉面書生雲中隼任中玉」、「下凡織女袖裡針任中瑛」的雅號。

　　話說，有一天傍晚，他們來到旭縣，在城垣下的小店投棧。叫了十個一文錢兩個的饃饃、一碗三文錢的酸辣湯、兩文錢的醬青瓜。就他兩人，佔了整個不大也不算小的廳堂。

　　中玉無話找話，一邊吃一邊對對店小二說：「我說啊，小二哥，這兒怎麼那麼冷清？街上家家戶戶這麼早就關門了？」

　　「回客官話，看來兩位是剛來敝縣的貴客。小店也差點要關門了，兩位再遲些許，今晚也該找不到歇宿地方了。」店小二回答。

「哦，貴店還有沒有空房？如果沒有，隨便騰個地方，將就住一宿也行。」

「算兩位有緣，在樓上角落剛好有一間空房，只要加床舖蓋就行了，每客收三十文錢一晚。小店的規矩是租金先惠的，客官要不要先看看？」

「甭了，就這樣定了吧。這裡到底出了甚麼事啦？」

中玉剛說到這兒，就聽見掌櫃的吆喝：「小二，是時候上板關門了！」

「來咧。」店小二回應了掌櫃後，回過頭對中玉倆作了個揖說：「對不起，讓小的關了門再回兩位客官話。」

「哎喲，真是稀客，梁大捕頭，請進，喝杯茶！」小二走到門口，差點和梁尚軍捕頭撞個滿懷。掌櫃也趕忙出來鞠躬打哈哈。

「沒事，剛巧打這經過，進來看看。對了，最近有沒有陌生面孔可疑人物出現？」梁捕頭一邊說一邊用眼角瞥了中玉和中瑛一眼。

「回梁捕頭話，沒有可疑生人光顧小店。這兩位客官是讀書斯文人，探親過路，在樓上角落的房間借宿一晚，明天一早便上路。」掌櫃的回答。

「唔，近來治安不太好，多加小心為是！」梁捕頭上下環視一番，一甩手徑自出門走了。

小二送走梁捕頭關了店門，回到桌旁繼續剛才未完的話：「剛才那梁捕頭，是本縣的大紅人，人人敬仰，就從這位大紅人說起吧。他還沒有來旭縣前，本縣有個名叫吳貴的潑皮，耍的一桿紅纓槍，仗著是獄吏的小舅子，狐假虎威，糾集狐朋狗黨，非為作歹，當街調戲婦女，白吃白拿，要挾店舖交例錢⋯⋯縣府礙於獄吏是知府的甚麼親戚，又沒人報案，再說捕快們都是他手下敗將，莫奈之何。

「人們恨之入骨，敢怒不敢言，背地裡罵他為烏龜。半年前，因爭嬌春院裡的一個紅牌歌妓，大白天在大街上與屠夫何大勇大打出手，對方就死在他的鎖喉槍下。烏龜若無其事大搖大擺要走開之時，只聽得背後有人向他大喝：『站住！殺了人，休想一走了之，跟我見官去！』烏龜二話沒說，一個回馬槍，只見一簇槍花朵朵，直取來人咽喉，又使出鎖喉槍法，非取來人性命不可。

「只見來人抽出三尺長的柳葉鋼刀，連削帶閃地破解鎖喉槍，接著搶進一步，就地一滾，進而施展地蹚刀法直取烏龜下三路，頓時使長槍無可施為，逼使烏龜用槍尾點地，借力躍起跳出圈外。來人一個鯉魚挺水彈起，剛好追至烏龜跟前，乒乓之聲又起，幾個照面，烏龜當胸被踢翻在地，紅纓長槍也摔出

老遠。柳葉刀鋒抵在烏龜胸口，嚇得烏龜連聲哀求：『好漢饒命！』就這樣烏龜被押到縣衙，早有苦主擊鼓鳴冤。

「在人證物證底下，烏龜唯有直認不諱，被打入大牢候判，且著令獄吏迴避。來人接受知縣老爺的禮聘為本縣捕頭，他就是梁尚軍捕頭。第三天早晨，獄吏發現烏龜用一條麻繩吊死在大牢樑上。

「此棘手案件就此了結。烏龜的狐朋狗黨，看勢頭不對，樹倒猢猻散，紛紛消聲匿跡，逃離旭縣，從此天下太平。人們莫不鼓掌稱快，梁尚軍捕頭便成為人人讚揚的大紅人。」

店小二口沫橫飛說到這，被中玉、中瑛的掌聲和稱讚打斷：「真精彩，小二哥不改行說書真是聽眾們的大損失。我們在驛道路旁茶寮聽到的片言隻語，與小二哥的口才哪有得比。」

「哎喲，謝謝誇獎！客官太抬舉，真羞煞小人了，小的也沒有親眼目睹，只是道聽途說，隨便信口開河罷了。」

「對了，我們在進城的路上，好像也見過梁大捕頭，他也夠辛苦的，查甚麼案須要查到城外去？」中玉明知故問，在茶寮也聽說有甚麼採花賊橫行之事。

「哦，梁尚軍捕頭的確是很盡職的。這幾個月來，本縣忽然出現一個來無蹤去無跡的採花賊，到夜晚人靜時分就出動，

對稍有姿色的婦女先姦後殺，謀財害命，絕不留活口。三五天不等作一次案，幾個月下來，已殺害二、三十條人命。就連嬌春院也不放過，要花錢請梁捕頭每晚派兩捕快坐鎮。人們能走的都到外地避風頭。梁捕頭和捕快們出盡辦法，至今都仍未破案。幸虧今天梁捕頭巡到本店，注意到美若天仙的客官在小店住宿，一定會全力保護，或有可能趁此破案。」

「啊呀，小二哥，千萬別嚇唬我們，我們手無縛雞之力，該怎麼辦？我們趕快梳洗完畢，閂好門戶，熄燈早點歇息罷。」

「兩位客官放心，要不是梁捕頭已注意客官，小的也不敢說剛才的話。」

環視客房，擺設簡陋但還算乾淨……

在人們睡得最酣的時候，約四五更時分，中玉和中瑛被夜行人在屋瓦上的輕微聲響攪醒，來人輕功雖屬上乘，也逃不過他倆的耳朵。來人揭開瓦片，雙腳勾在樑上來個倒掛金鐘，用舌頭舔破窗紙，伸進五寸長的細竹筒，迷魂香尚未吹出，中瑛已射出三支松針，一支通過竹筒直插入來人喉嚨；兩支同時直取來人眼睛，力道剛好穿透入腦停下，連哼一聲都來不及便當場斃命下墜，嘩啦啦聲響砸碎了樓下桌子，落得個頭破血流。

店掌櫃和小二趕忙掌燈查看，不看猶可，一看嚇得舌頭打結、雙腳打顫，不知如何是好。只聽得樓上有客人喊到，弄出人命來，快找地保報官，千萬不要移動任何東西。這時掌櫃和

小二才如夢方醒，開門出去，剛好有兩個打更更夫路過，就一道找地保報官。好一會兒，仵作和三個衙差趕來，仵作把蒙著口鼻的黑巾扯下，不禁喊了出來：「這，這不是梁捕頭嗎？到底怎麼回事？」

於是眾人七嘴八舌地議論開了：「啊呀，那採花大盜武藝非同小可，連梁捕頭都著了他的道。」

「梁捕頭為甚麼一身黑色夜行衣打扮？又不多叫些捕快幫手呢？」

「人多反而礙事，幾個月來，連影子都見不著，就是人多誤事。」

「說明是埋伏，不穿夜行人服裝，難道該打著燈籠，告訴採花賊在這兒等他？！說話都不先想想，亂放屁！」

「唉！連梁捕頭都死了，以後怎麼辦啊？」

「採花賊原來是從屋頂出入，重門加鎖也白搭……」

「……」

折騰了老半天，雞都啼了，天也快亮了。人們開始散開。任中玉和任中瑛也趁機離去。

梁捕頭因公殉職，予以厚葬。採花賊案反倒平息了下來。

（十）

幾天後，小兩口進入了據說是盛產檀香樹的檀縣境內，信步走到縣城城外經已天黑，唯有在城外找間破廟宿息一夜了。

名副其實的破廟，前院雜草叢生，圍牆倒得七七八八，廟門早被人拆走，大雄寶殿的牆壁也出現斑駁、裂痕和破洞，屋瓦疏落。外面下大雨，裡頭下小雨的「望星閣」那類，橫匾沒了，楹聯沒了，連神祇像都沒了，大殿後面的建築全已頹廢倒塌。可見此廟荒廢已久，所以不知敬的是甚麼神祇。端放神祇的神龕平台倒有七八尺長，四五尺寬，看來原來端放的應不止一尊神祇。平台前作貢奉用的案桌，要不是石砌的，也早被人搬走了，案桌離大殿門口卻有丈來遠，幾曾香火鼎盛時，大殿應可同時容納不少信眾，可是現在卻凋零到家徒四壁的地步。

按中玉的經驗，這種近城垣不太遠的地方，必然已有人各據地盤，這讓中瑛也提高警覺。當他倆跨進大殿門口，有人用火摺子點著案桌上的蠟燭，中玉和中瑛藉燭光一亮的剎那，已環視了周圍環境，廟中只有約卅來歲、武打裝束的大漢。殿裡案桌和平台範圍內收拾得挺乾淨，其餘則蛛網滿佈，案桌上風一端的地上，有一熄了火的柴草堆，發散縷縷青煙和檀木的清香。看來此人比他們至少早來一兩個時辰。

此人點亮蠟燭後回轉身，抱拳說道：「歡迎任少俠伉儷光臨，在下劉中興有禮了。」

「不敢當，在下任中玉、任中瑛有禮了。」他倆也抱拳回禮：「素昧生平，竟如此禮待，不知劉大俠有何賜教？」

中玉心想此人是何方神聖，到底有何企圖？於是打蛇隨棍上說：「在下何德何能，得大俠如此厚待，實不敢當，反倒請大俠不吝賜教才是。」

「爽快，請上座，慢慢暢談，有請！」劉中興說著，一擰身盤腿飛上了平台，輕輕坐下兼擺手恭請，顯示出上乘輕功。小兩口不客氣，照樣飄上平台，三人呈品字坐定。

平台上鋪著乾淨稻草，上面備有三副碗筷，三個荷葉包和一個冒著輕煙的銅壺。劉中興逐一打開葉包，裝的是三四斤的醬牛肉、約兩斤的醬瓜和一堆熱饅頭。只見劉中興用銅壺中熱茶把碗筷燙涮，斟滿了茶，雙手齊眉舉起說：「兩位不要客氣，在下以茶代酒，先飲為敬，乾！」他一仰脖乾了一碗，又隨手掰了個饅頭，夾了片醬牛肉和醬瓜吃起來，一邊擺手讓著說：「郊野小地方，沒甚麼好東西招待，千萬別見怪，來，別客氣，自便，自便！」

小兩口藝高人膽大，不怕有詐。三人吃了起來。茶過數巡，中玉打開話匣子，話中有話：「檀縣應有不少檀香樹才對，一路上過來，為何見不到有檀香樹？」

「兩百年前檀縣盛產檀樹，故有檀縣之稱，後來。貪官豪紳帶頭亂砍濫伐，幾十年光景，檀樹幾乎絕跡，目前只剩下幾

家私人莊園內尚存一兩棵罷了。在下為了接待兩位，以便驅蚊蚋薰霉穢，昨晚到李家莊園私下借了幾支檀樹枯枝來偷花敬佛。哈哈哈！」劉中興爽朗地大笑且繼續說，「我輩同道中人，何必如此見外，以大俠少俠相稱，不如以平輩弟兄或你我相稱呼。中玉兄弟意下如何？」劉中興建議。

「恭敬不如從命，我等不才，得劉兄垂青，真受寵若驚！」

「有道，在家靠父母，在外靠朋友。我最喜結交俠義之士。你倆助人為樂、不計回報的清高品質，教人十分敬佩。」

中玉心想，劉中興對自己的近況好像知悉不少，但相反，自己對他則一無所知、感到迷茫，便不亢不卑地說：「劉兄褒言，真令小弟汗顏，益眾小事，舉手之勞，何足掛齒？劉兄古道熱腸中人，似有意指點我們有不到之處。」

「哪敢托大指點，憑藉廿來天對兩位的觀察，誠心一抒己見，祈請兩位指正。」

「劉兄不用客氣，但說無妨，我們洗耳恭聽。」

「聽說兩位除霸懲奸，為民除害，大快人心。江湖朋友賜予『玉面書生雲中隼任中玉』、『下凡織女袖裡針任中瑛』的雅號，在方圓幾百里立了萬，並非浪得虛名。為兄親身耳濡目染，深感兩位高風亮節，令人欽佩！兩位趁遊山玩水之便，隨手採集較罕有的藥材，諸如天麻、首烏等。進村時贈醫施藥，

不計報酬。為鄉民除獸害，明明是由內力震斃，托言是設套索僥倖勒斃，而不誇能。其實是死後才套的索，中陷阱之獸死前必掙扎，但全無毛亂、眼突、舌吐等現象，卻有七孔流血且經水洗的痕跡。再說前幾天，輕描淡寫、不動聲色就擺平了旭縣的採花大盜梁尚軍，卻毫不宣揚居功。輕功還算可以的梁某，絕不會由區區兩三丈高失手而摔死。

顯然是死後才摔下，最合理的解釋是中了袖裡針致死。能即時斃命，袖裡針肯定是由最脆弱且最直接的眼睛射入直透入腦。由於梁某摔得頭破血流而掩蓋了真相，速度越快，進孔就越小，為兄僥倖看到雙眼各有一極小的針孔。說明袖裡針主人處事之縝密。高招！好！佩服！從兩位住房高處窗紙，除了宵小下三濫用來伸入竹筒的大孔外，尚留有兩極小針孔，證實了為兄的推斷，非有心人必然忽略了。」

劉中興說到此，任中玉插話：「聽劉兄一席話，小弟受教非淺。劉兄這麼一說，記起當時劉兄的確在場喊話，難怪剛才為甚麼會感到面善了。請劉兄繼續不吝賜教，我們謹受教。」

「好，兩位不嫌嘮叨，我們一邊吃一邊繼續談。兩位必會感到劉某為何知道那麼多有關兩位的事？有此疑惑是人之常情，否則就反常了。首先，推斷兩位是入世不深，初涉江湖；其次，儘管兩位的姓名給人錯覺，令人認為是兄妹關係，從為兄觀察所見，應是武功精湛、新婚不久的恩愛伉儷。兩位在山野瀟灑漫遊，多麼神怡，忘形處，雖屬短暫，明眼人必可覺察

驚惕性有所稍懈，恩愛之情有所流露。當在城鎮鬧市，表現有點新奇、迷茫等的眼神，雖一瞬即逝，已足露出破綻。從以上表露，對小家碧玉而言，當然符合身份；對武林中人而言，乃是屬於初出茅廬了。

「至於如何覺察到兩位是武林高手中的伉儷呢？猛獸、歹徒經常出沒的山野，危機四伏，文士碧玉膽敢聯袂同遊，不是無知便是高手，兩者必居其一。能全身平安多次出入山林，再說為鄉民除獸害的手法，這兩點已足以肯定兩位是有恃無恐的武林高手。近來冒起的武林新秀，『玉面書生雲中隼任中玉』和『下凡織女袖裡針任中瑛』，可否與兩位對上號就有待證明。

「憑兩位的外貌，男的文士打扮，文質彬彬；女的美若仙女下凡，本可猜得八九不離十。但是猜測終究不能代替事實，所以打算在旭縣直接請教兩位，湊巧被為兄洞察了採花大盜的死因，於是斷定所猜測無誤。至於認為兩位是夫妻關係也是觀察得來。兄妹小時感情無論多麼深厚，長到一定的年齡，很自然地不會超越『止於禮』這底線，但兩位有時下意識不自覺地出現超越底線的小動作。在旭縣投棧，只剩有一間房，在這種情況下，江湖兒女不得已同居一室，是常有的事。兩位所有投棧均居一室，唯有夫妻才全不避嫌。」

劉中興說到這裡，中玉和中瑛不禁鼓掌欽嘆讚好：「劉兄胸懷坦蕩，快人快語，我們得益非淺！我倆情況，劉兄明察秋毫道破，佩服之餘，萬分感謝！我倆的確是初涉江湖，為時僅

半年左右，雖道江湖險惡，基於入世太淺，驚惕性不高，尚待磨練。我倆不僅沒著道於歹徒，反得劉兄提點，萬幸之至。劉兄今後還得多多指教。小弟無父無母是個孤兒，流落街頭，約五歲，為義父帶往遠離人煙的深山教養；翌年義父又拾獲女棄嬰中瑛，一齊養育成人，教書識字，長居深山野嶺，與鳥獸為鄰，磨練和領悟出一些求生技能。既長，義父為之主婚，我倆便結為夫婦。隨後，義父命我們二人下山見見世面，如此而已。如何與各種人相處？僅限於書本知識，所以還需多加歷練。」

「難怪覺得兩位不僅善良、助人為樂，而且清純，沒有俗氣和江湖味。心裡早已認定，這個朋友是要交定了。所以在旭縣生怕兩位著了採花賊的道，於是事先在小店投宿，剩下一板之隔的單邊讓給二位，一旦有事可破板加以援手。事實證明擔心份屬多餘。」

「謝謝關懷！」

「不謝。兩位心中會有疑問，為兄又是甚麼人呢？現在來個自我介紹：我是本縣桃園鎮人氏，之所以叫桃園鎮，因為世世代代都是由劉、關、張三姓在該鎮居住，甚少外姓人落籍，一向安居樂業，相安無事。桃園鎮是個天然優良漁港，三面有三座小山環繞，鎮民從事的各行各業都是與捕漁業有關的。我爺爺是漁民，有一單拖大船，連船工和三代人共廿幾口人均以船為家。在我爺爺那一代，自從外地來了一個惡霸賈某，帶領廿幾個爪牙，橫行霸道，無惡不作，明搶暗奪，逐步蠶食，鎮

民苦不堪言。大伙舉我爺爺領頭與之抗衡。賈某懷恨在心，趁風高月黑的一個夜晚，偷襲火燒大船。廿幾口人慘遭滅門之禍。當時家父只有六、七歲，因上吐下瀉，事發前由一船工搖艇上岸求醫，免遭毒手，從此留落他鄉。不共戴天之仇，不敢或忘。唯家父一向體弱多病，這復仇大事便落在我的肩上。

「所以他為我取了此名，望劉氏宗嗣復興。老船工劉忠既是爺爺，又是我武術的入門師父。從他那裡學的拳腳功夫是於事無補的，唯一派上用場、最受用的是水上和水下功夫。水上功夫，藉一塊約一尺見方的木片，可隨浪逐流數里之遙；水下可潛游兩三炷香之久。

「為適應水中近身搏鬥，使喚的兵器是劉忠爺爺設計由寒鐵煅造出身長八寸的玄鋼五稜梅花錐。為彌補拳腳和短兵器之不足，爺爺又設計了獨門暗器：把方孔銅錢的圓周刮薄刃化，再截成四等分，發出後，薄口勢必旋轉先行，若遇兵器阻擋，銅錢鏢翻個兒，由於另端為 V 缺口，自然又翻回頭，於是便繞過阻擋繼續旋轉著前進再取來敵。由於鏢小且銳利，不宜手接，只有閃避為佳。蒙江湖朋友錯愛，賜予『蕩浪旋鏢俠劉中興』這一浪得虛名的渾號。」劉中興說到這，從袖裡抽出梅花錐和銅錢旋鏢，雙手遞給中玉和中瑛觀賞。

梅花錐的確是精緻鋒利，真屬近身肉搏中不作二想的稱手兵器。旋鏢輕巧玲瓏銳利，真是別出心裁的獨門暗器。到中瑛把玩時，她在手上掂了掂，用食、中兩指夾住，翻手擲向丈來

遠的大殿門邊，彈指間直見一點寒星，擦著一尺厚的石磚邊翻滾，刮出一條溝坑後，飛越前院空地，直釘入廟門石柱內。

中瑛讚聲：「好旋鏢！簡直是無堅不摧。」

中興也失聲驚呼：「好眼界！好指力！佩服！如果喜歡送幾個給妳把玩。」

「怎麼好意思？要勞動劉大哥費時做過。」

「不用客氣，一點都不費事。」劉中興隨即拿出一個銅錢，用梅花錐刃在銅錢兩面周圍各刮一圈，在銅錢面上用梅花錐刃對著方孔中線，交叉輕輕各敲了一下，眨眼間四個旋鏢就做成了，遞給中瑛。

中玉心想，原來那麼容易簡單，我們的青鋒劍看來也可以辦得到。

中興繼續說：「以兩位的功力，中鏢者必定肉綻骨碎，穿透而過。血沾上銅錢旋鏢，會起泡泡，表示血中了銅毒。除非要絕殺，否則還是儘量避免使用。」

「好個蕩浪旋鏢俠！敢問劉大哥師承本屬哪一派？」中瑛追問。

「我哪一派也不屬，也可以說是屬於雜派。我爺爺是從多次實戰中，揣摩歸納出實用的散手。憑著漁民長期海上作業鍛

練出反應敏捷和渾身的力氣，有所謂：一膽二力三功夫，應付三五個只有三腳貓功夫的人綽綽有餘，對真正的武林高手，肯定不是對手。劉忠爺爺是向我爺爺學的，我又是向劉忠爺爺學的，再行也好不到哪裡去。家父學武不成改學文，有了家室，只靠體力日衰的劉忠爺爺在海上捕魚，已入不敷支，為了幫補家計，家父在鏢局找了份文書差事當當。我稍長除了跟爺爺出海捕魚外，就到鏢局看望家父，趁便從旁向各鏢師偷師。他們來自各門各派，刀口舐血，同坐一條船。平時練武，尚可摒棄門戶之見，經常採取雙人或多人拳腳和各種武器對拆。不時停下來互相研究應如何怎辦？該如此這般！我就從中學到如何進招、接招、拆招和連消帶打，以及怎樣施放暗器等等的實用散手。

「回船就跟爺爺實習和鞏固，並且融會貫通到梅花鏢中去，爺爺更設計了小孩都能施發的小巧旋鏢。就這樣，十幾年的偷師成了甚麼派都不是，卻又是很多派的雜合。」

「哦，這怎能說是雜合？這簡直是許多派的精華啊。由此可見令尊的一番苦心。」中玉插話。

「從小得家父和爺爺的教誨：得道多助，失道寡助。多助就是多朋友，要多朋友，首先要待人以誠，再就是助人為樂。剷奸除霸也是助人的本份。還有就是要報仇和復興劉氏家嗣。這就成為我做人的動力和原則。」

「劉兄待人以誠，助人為樂，我們身感心銘。剷奸除霸從『蕩浪旋鏢俠』的雅號已得明證。至於廿幾口人，幾乎滅門慘痛，深表萬分同情！交淺言深，不知應否坦率進言，供劉兄參酌？」中玉探問。

「中玉兄弟但說無妨，坦誠相待更顯親切無間。」

「不知劉兄的所謂報仇，如何報法？事隔三代，元兇想必早已入木。是否亦要滅門方休？上代恩怨，應該禍不延後人，冤冤相報何時了？只要取回公道而不再增添冤魂為上策。劉兄意下如何？」

「每當家父或爺爺夜半夢迴，夢及親人罹難，痛如切膚，抱頭相擁，泣不成聲……三代下來，正如中玉兄弟所說，元凶已死，再說賈氏在桃園鎮扎根已深，又有如狼似虎的護院和一班家丁。勢薄力單，仇如何報？父債子還，爺債是否孫還呢？即不能冤冤相報，又不能有仇不報，煞費思量。捫心細想，賈某既是惡霸，仇人必不止我們一家。有說三個臭皮匠，頂得一個諸葛亮。是否可以聯合所有仇家，商量該怎樣報仇雪恨？為此我回了一趟桃園鎮，誰知已改名為賈公鎮。走訪三姓的後人，才知道，全鎮民眾全淪為賈氏奴隸，無一倖免。稍有反抗，抓去以後再無生還；稍有姿色的婦女，擄走一段時日方始放還……懾於官霸合一，強敵當道，新仇舊恨欲報無從。期望有朝一日，賈某遭受天譴，救他們於水深火熱之中。

「這次探訪對我而言，倒是解決了一個大難題。不必考慮，上幾代的血債該誰還？該如何還？而是名正言順地考慮如何除霸。心理障礙因而掃除，堅信必有仁人俠士路見不平拔刀相助的。兩位認為怎樣？」

「照劉兄所言，官霸合一兼惡勢力扎根已深，除之並非易為。應謀定而後動。首先得知己知彼，所以要更深入採探，從長計議，切忌盲動！」

「好，明早就直闖虎穴！」

「不，還不到闖的時候，應說是細探龍潭。」

（十一）

三人喬裝過客，齊赴賈公鎮。這是蒙天賜爺倆投奔賈公鎮之前一年多的事了。

幾天光景，靠劉中興的關係，他們摸清了基本情況。賈公鎮裡的人和漁民，的確民不聊生。兩護院，號稱冰火二煞。「玄冰手薩烏蛇」、「火焰手邵悛進」都是以雙掌為武器，運功發掌，被印在身上，內臟分別是結冰和燒熟而亡。就算挨上掌風，中玄冰毒或火焰毒，不日身亡。金屬兵器一旦被抓，敵手結冰粉碎或成炭飛散。所以拳腳功夫所向無敵，胡作非為，濫殺無辜，樹敵無數。他們被各派聯合追殺，被迫潛逃到賈公鎮，殺了原兩護院取而代之，並要求封為檀縣的正副捕頭，得此「官職」在縣內可得避被追殺，還可以在縣內橫行霸道。追殺者以應徵護院之名，明正言順地挑戰，單打獨鬥皆敗在他們掌下。

賈仁、賈義這下子可真引狼入室了。二煞貪得無厭，賈仁賈義無奈，把鎮上的兩賭館都分別「給」了他倆。他們要不是礙於、有求於官傘蔽護，後果更不堪設想。

……

一個月的精心策劃，中興和中玉夫婦又相互切磋武藝。由於中玉和中瑛的輕功底子深厚，水上蕩浪很快就掌握了，水下蹩氣龜息功也難不到他倆，何況有高人指導，旬日內學會潛水

一炷香之久，再多些時日必能出於藍而勝於藍。中興向他倆學鬼異快速閃避法，於是可避開挨揍和掌風，立於不敗之先機，由此中興信心大增。

是時候屠「煞」了。

他們選西山外延沙厚的沙灘作戰場。任中瑛挑戰「玄冰手薩烏蛇」，任中玉挑戰「火焰手邵悛進」，由劉中興壓陣。兩煞不看猶可，一看是兩個赤手空拳、乳臭未乾的小子，不禁仰天大笑。

中瑛抱拳道：「聽說你們兩個老頭名震賈公鎮，兄妹二人特來討教幾招，日後好在江湖炫耀炫耀。」

冰煞聽罷，不經意而輕浮地說：「小妮子該怎樣說話都不懂，別說以老欺小，不會憐花惜玉，老子讓你們三招，晚上再教小妮子如何做人之道。」

中瑛的叫陣都是計算之內，起麻痺敵人的作用，沒等冰煞說完，中玉和中瑛同時運起內力發難，只見兩煞腳下黃沙飛起，捲起一股三尺來厚黃沙，還夾著數以百計的袖裡針和旋鏢的小型龍捲風，分別繞著兩煞貼身飛舞，與此同時，中瑛已抖出一端濕過水的彩綾，將冰煞右手死死纏住，貫以內力。冰煞想不到小小年紀，內力如此深厚，用內力震不開，玄冰功對彩綾起不了絲毫導寒作用，玄冰功越勁，濕水彩綾冰結更牢，松針本如鋼硬，遇玄冰功，松脂冰化，硬度更強而易折，一根變好幾

根鋼針，更難對付，鑽進鼻耳皮肉，不成刺蝟才怪！薩某做夢也想不到，自縛於玄冰功，還以為中瑛內力與他相若。邵某更慘，黃沙夾著成百個旋鏢，遇火焰功，形成數以千計的熔銅液滴，更難應付，沾肉成千瘡百孔，鑽進耳鼻，灼燙難當。

自縛於自己的火焰功。兩煞又不能張口呼痛喊話，否則鑽入喉嚨死得更快。顧不得讓三招的狂言，保命要緊。視線受擾，內外交困，一時之間無暇擺脫沙困，唯有聽聲狠勁發掌進攻來敵，冀望敵倒沙散。掌風到處，黃沙外射後立即又復合圍翻滾。黃沙外射即示警中瑛中玉閃避，三幾個回合後只聽得一聲轟然巨響，原來冰、火二煞，相互著著實實地對了一掌，震得沙陣化解墜落，看來水火並不相容，兩煞五臟離位，內傷不輕，七孔噴血，雙雙倒地身亡。四周遠觀的人們掌聲雷動，歡呼震天。

最高興和佩服的是劉中興，除霸的第一步，按計劃完成。兩煞爪牙樹倒猢猻散，四竄逃命，各派群雄早在鎮外恭迎，一個也跑不出公義的天羅地網。這一切都按三人的計算演繹，速戰速決，費最小的勁，取得最佳成果，讓兩煞也嘗嘗自己賴以殺人伎倆的滋味，自相殘殺，兩敗俱亡。

順理成章，三人成為賈家的護院。兩兄妹護東山，中興護西山。

賈仁早已對美若天仙的任中瑛垂涎三尺，礙於女俠武功太高，不敢造次。反而，任中瑛主動對他若即若離，大吊其胃口。

半年後，摸清所有底細，中瑛成為賈仁的第四房姨太太。正室和三個姨太太，從此空對閨房守其活寡。

賈義那邊，半年後得了個怪病，任何名醫都診斷不出是甚麼病，而且日益嚴重。拖延半年，病入膏肓，藥石無效，一方惡霸毒發身亡。彌留時托孤寡於唯一至親——賈仁，祈求善待其妻妾和三個仍處稚幼的女兒。妻妾若下堂求去，每人賜予萬兩白銀。一切產業由大哥經營管理，但願賈嗣綿長，發達昌盛。交待畢鬼差勾魂去也！這是中瑛分娩後五天的事。

賈義原來是中了慢性巴豆之毒，每日點滴，難能發現，一年光景積累，便欲救無從了。賈仁全面掌握大權，派劉中興坐鎮「雅聚軒」，在那裡安置和供養賈義唯一留下的正室和三個女兒。

中瑛十月懷胎，蒂熟瓜落，竟然是龍鳳胎。賈仁強不過中瑛，嬰孩不跟父姓，男的取名任龍，女的當然就是任鳳了。母憑子貴，中瑛立即被扶為正室，其餘遞降一級。這是蒙天賜投奔賈公鎮前三天發生的事。

大事慶祝結束後不到十天，縣太爺賈政在「雅聚軒」暴斃，據說是死於馬上風。有誰知道？天曉得！

一對嬰兒的彌月酒喝過後，賈仁酗酒過度，於睡夢中死去。在檀縣和賈公鎮，官霸合一、隻手遮天的土皇帝——三個惡霸，先後見了閻王。不幾天，一把天火把中山的賈氏祠堂燒個清光。

　　大權不言而喻，完全落在中瑛手中。按照對賈義妻女辦法安置賈仁妻女，原正室和四個仍是稚幼女兒願留下，安置在「雅聚軒」供養。其餘各領萬兩白銀下堂去也。

　　中瑛把「雅聚軒」改組，只留酒樓和客棧部分，而且將其擴充，其餘部門封盤遣散，交由劉中興掌管。

　　原來惡貫滿盈的賈仁早已身亡，中瑛嫁的是易了容的中玉，熱熱鬧鬧地多慶祝一次婚禮罷了。

　　中瑛把一切大權交還給劉中興和桃園鎮民眾，且物歸原主後裔。惡霸賈氏天下從此連根拔起，改回桃園鎮舊名，一切回復到舊時和諧歡欣的原貌。

（十二）

任中瑛要帶一對嬰兒歸寧，當然由任中玉相陪同行。桃園鎮的人們，一直送他們離開檀縣縣境，還依依不捨地目送由兩匹馬拉著的那輛四輪馬車遠去。

桃園鎮的人們想得真周到，把嬰孩一年四季、夠用三年的一切日用必需品都裝到車上。中玉和中瑛都識獸語，在回程路上一段日子後，人馬就能彼此溝通。駕馭時可與兩匹駿馬聊天，駕轅馬是隻小公馬，縴索馬是隻小馬女。他們打算到家以後，把兩匹駿馬野放，約定以馬嘶聲便可招之則來。又打算把馬車四個輪卸下來，弄上了崖頂，現成地不用另蓋住房了。

乳燕離家近三年，途中真有歸燕回巢的興奮……絕崖在望，中玉和中瑛同時用內功「吟波」凝聚一聲嘯，直線傳達十里外的崖頂報喜，頃刻收到奇叟喜悅萬分的回音。盞茶光景已現身馬車內，左右各抱一個蹬著小胖腿在咯咯笑著的嬰孩兒，左看看右看看，看個不停；左親親右親親，親個不完；用他白花花的山羊鬍子，左掃掃右掃掃，在兩嬰孩白裡透紅的胖臉蛋，搔個不亦樂乎。奇叟高興得口都合不攏，把中玉和中瑛都給忘了似的，做父母的心甜地在旁陪著微笑。「給爺爺這對寶貝取了個甚麼名字啊？」爺爺到底開腔了，眼睛始終沒離開這對心肝寶貝。「好，好！任龍，任鳳。好，好！」

回到崖頂，老母鹿跳著前來歡迎，對兩嬰孩嗅了又嗅，好奇之至，特別對中瑛又挨又舔，親熱無比，中瑛作狀要和牠玩牴頂，嚇得牠趕緊跳開，引來哄然大笑。小別重聚有說不斷的話題、訴不盡的別離之情、敘不完的天倫之樂。整個崖頂洋溢著歡樂氣氛。

奇叟對兩人闖蕩江湖的表現感到快慰和放心，眼前這對兒女開始成熟了，但是還需要更多的砥礪磨練才行。談及了幾個月前江湖上發生的事，「閃電手雷霆」投靠非人，栽在「天下無敵文武全能神童蒙天賜」和「攝魂使者姚舜禹」手下，人家俠義心腸，手下留情，網開一面，「閃電手雷霆」從此歸隱山林，退出江湖。奇叟指出，不用刻意去尋訪「閃電手雷霆」，還是隨緣吧。但是，中玉和中瑛他日倒應該找機會去會會，並虛心請教這兩位武藝高強的俠義之士，他倒也想見見他們。

與冰火二煞之戰，基本上是以智取勝。要躋身武林高手前列，中玉和中瑛在功力上猶感稍欠，能否與冰火二煞對掌仍缺乏信心，甭說能以對掌取勝了。藉陪兒女，夫妻倆留在絕崖，在奇叟的指導下，提升功力和武藝。他們以期達到不畏玄武寒冰，不懼三昧真火，不怕天下劇毒，不受蠱惑迷幻。

蒙天賜也沒有閒著，每天掖把匕首出海，會海中「親朋」。匕首不是用來殺生，而是便於去解救死難。當海中用肺呼吸的動物被圍網或流刺網所困，無法到海面換氣，必死無疑。就算是鯊魚，牠不同於其它魚類，不游動，水不流過牠的腮葉，便

不能擷取水中的氧氣，同樣會憋死。天賜用匕首方便割斷網目，解救牠們逃出生天。比較高等的諸如海豚和鯨類，雖然不會要感恩圖報，但會記得這是朋友，而低等如屬軟骨魚類的鯊魚，充其量只知這是比自己強罷了。前者會表示親熱，後者可能會避之不迭。

魚類以側線的震動與同類溝通。或表示驚嚇，或發出示警，或宣示求偶等與同類通消息。鯊魚嗅覺特靈，在十海里外能嗅到目標的氣味，所以一嗅到強者的氣味，牠就會退避三舍，遠遠游開。

在弱肉強食規律的支配下，海裡其實也是到處充滿著危機。「物競天擇，適者生存」，各自有其求生的伎倆。天賜經常會與這些伎倆打交道，從中得益不少。例如從海蛇和軍艦水母等的接觸中，取得對任何毒素的免疫力，煉成萬毒不侵。海蛇是地球上毒蛇中最毒者之一。名為軍艦水母的長觸鬚所釋放出的蛋白質粘液，沾在人的皮膚上，疼痛異常，非人所能忍，輕則抽筋、糜爛，重則休克、死亡。

當鯊魚在打天賜的主意時，天賜就借牠的攻擊力轉化成自己的功力，還鍛煉自己的靈敏度。反擊時，只需拍一下牠的眼睛或鰓幫，就可以讓牠痛好一段時間，立即以最快的速度逃離，且永世不忘。以後一嗅到天賜的氣味，鯊魚就會告知同類，立刻退避三舍。

　　有一次，想解救一條大電鰻，一游近，牠就放電，可是電力不大，肯定在這之前與同類溝通求救放過多次電消耗所致。天賜趁此用手抓牠，找出牠放電的機制，於是也會放電了。電鰻放電的強度與牠的體積大小成正比。不言而喻，其電壓高低也與其功力大小成正比。所謂一斤魚有三斤力，電鰻發出的電壓最大可達500伏特以上。以天賜的功力，比電鰻何止高出百、千、萬倍，發出的最大極限電壓該有……

（十三）

蒙天賜兩爺孫，大隱於多漁船的桃園鎮漁港，是成功的。由於處處低調不顯眼，打漁何止是三日打魚兩日曬網，他們天天出海，十天八天快到斷炊時才捕一次魚，捕的是特級魚，例如一條過百斤夠老的鮪魚。有所謂的老魚嫩豬，即魚要老、豬要嫩，才是最好吃的。

悠悠歲月，日月如梭，三年之約快滿，姚舜禹果然應約找到桃園鎮來，和她一齊來的，看上去是位四五十歲的美髯公和她背負著的女嬰。因為姚舜禹事先已知道兩爺孫是低調大隱，於是打扮成村婦販夫掩人耳目來會。蒙天賜憑空又多了一位便宜爺爺、一位小姑姑。

姚舜禹當年離開天賜兩爺孫說要去還債，首先就去找現在的美髯公。到底欠的是甚麼債，又為甚麼要還債呢？

話說回頭，當年姚舜禹話別天賜兩爺孫去還「債」，她直奔陳家莊。陳家莊四面為丘陵環繞，形成方圓十幾里的小盆地。北面丘陵稍高也只有百仞左右，分向東、西、南逐漸低斜，最低的山丘只有數十仞而已。盆地地勢也是由北向南傾斜，北面山麓比南面的山丘頂低不了多少。北面山丘南坡平緩，種滿茶樹，此外各坡地滿種各類水果，有桃、李、梨、杏、棗等；南面洼地種植水稻。

　　北面近山頂處，有三條瀑布掛下，分向東西淌流，號稱東、西靈河（充其量只能叫做溪，當地人習慣稱之為河），沿山坡環繞盆地至南面山丘隘口會合後流出陳家莊。在這過程中，各有三四條支流流入盆地，曲折蜿蜒地流向南面隘口回注東、西靈河。從源頭到流出陳家莊，流程約卅里，需時三時辰。

　　陳家莊的房屋都依水旁建造，所以每家每戶不是門前就是屋後必有溪水流過。溪水清澈甘甜，是陳家莊的食用水。為此，老祖宗早作了規定：寅末卯初洗刷馬桶，未時洗澡和洗滌雜物（衣物、家具等），其餘時間作飲食用。作食用時間內，髒水再不得傾入溪內，可作路旁果樹灌溉用。違者逐出陳家莊！

　　陳家莊有一氣候特點，就是每天準時於申初下一陣為時一炷香的雨，長年如此。另一個特點是「東鯽西鯉」。東靈河及其支流出產燕尾紅眼鯽，西靈河及其支流出產駝脊尖嘴鯉。楚河漢界牠們絕不越界，亦不出南山隘口，出則必死。這兩種魚味鮮肉滑，連魚鱗都爽脆可吃。老祖宗亦為此定下了規定：只可捕來食用，不得用作販賣。違者逐出陳家莊！食肆外來客人點菜也是到渠裡現抓的。

　　所以陳家莊是「魚米果茶」之鄉，人傑地靈。莊外人都想遷來陳家莊。可惜沿渠土地已飽和，不可能再建居屋。欲遷入之想，難獲實現，除非嫁入本莊，又當別論。

顧名思義，這裡的居民幾乎都是姓陳，甚少雜姓，幾百年下來，莊內或多或少都有點親戚關係。所以極少紛爭，和睦相處。但也存在由於近血緣通婚，造成後裔產生生理上某種殘缺的危機。

陳家莊地處南北交通必經之路，商旅多在莊內食宿整頓數日，所以都算是繁華昌盛。

莊內有位陳員外，是位遠近馳名的大善人，幾代下來，繼承成百畝的茶樹園。可能得特殊水土之益，製成的茶葉具特有香醇的味道，據說還可以防治些甚麼病，所以命名為「靈舒茶」。可惜囿於地少，產量僅勉強供應本縣而已。過路客旅每人也只能購買二兩罷了。

陳員外長子，曉峰年幼時，身體孱弱，皮黃骨瘦，不知得了些甚麼怪病，三歲了還不會自己坐起來。遠近醫生訪遍，甚至只要自認能醫的，都放膽給他一試，仍然無效。陳家是遠近聞名的善長人翁，經常樂善好施，尤其是天災人禍之時更是如此。所以有些人為之不平，認為天公為甚麼會這麼不公，好人竟生出這樣的一個孩子來。

一天，有個老異人雲遊到此，得悉曉峰的情況，發覺和他有緣，三年內可把他醫好，條件是：在後山頂搭一傢具齊全的茅屋，離茅屋五丈遠，築一道高兩丈、密不透風的無門圍牆，每天三餐和所需送到正東的圍牆下，四周派人日夜把守，杜絕任何人來會，尤其是親人，偷看都不行，否則前功盡廢，不關

老朽之事，三年期滿還你們一個健康活潑的曉峰。好好考慮，三天後再來等候回覆。」說完，老異人飄然而去。

　　三天後一早，老異人果然守信到來。經過三天的深思熟慮，陳員外答應要求，五天內可起好所要求的建築，客氣地詢問應如何酬報？老異人抱拳答道：「曉峰與老朽有緣，其餘都是化外之物，不說也罷，員外只要樂善好施，積德廣蔭如故可也。」

　　與世隔絕的三年過去了，原來在這三年裡，老異人只用內功為曉峰調理臟腑而已，以補先天的嚴重失調之不足，順帶打通各經脈，指導打坐練功，為以後練武打下了堅實基礎。六歲的曉峰破繭而出、脫胎換骨，簡直變成另外一個人，成為健康結實、天真活潑的小孩。陳家上下無不歡欣鼓舞，把老異人當作是陳家的大恩人，視為活神仙看待。要留老異人在陳家長供奉。老異人回應說：「緣來推不掉，緣盡留不住。老朽與曉峰尚有十年師徒的緣分，員外可在附近設一私塾學堂，請個好秀才執教鞭，為曉峰上午開班就學，還免費讓附近同齡兒童一塊就讀兩三個時辰，使曉峰能與同齡玩伴多多相處，以葆可貴幼年之童真。上午餘時可與家人共敘天倫之樂。下午和晚上由老朽再教他強身之道。施主意下如何？」

　　這提意正中陳員外下懷，一口答應下來……

　　十年，老異人把所有武功絕學，全部傳授給了陳曉峰。還特地為他設計和煅造一件奇異的獨門武器。用精鋼抽成比頭髮還要細的絲，編織成七節、每節五寸的可套入的亦鞭亦鐗，鐗

端尖銳無比。平時節節相套，全套入柄中，暗藏在袖內，摔出後可當七節軟鞭用，貫以內力部分鋼絲突出豎起，作亦鐧亦刺棒用。在搏鬥時亦可不亮出，不知何時出其不意，如蛇舌吐信，一伸一回快如閃電，敵人不知怎麼回事就已中招。暗器採用靈河中如桐子大小的石蛋，號稱「沒羽鏢」。

十年緣盡，老異人連名號都沒留下，悄然離去不知所終。真是來得俐落，走得瀟灑。

陳曉峰長得玉樹臨風，風流倜儻，不拘小節。素有教養，自視甚高，所以風流而不下流。不會惹草沾花，不會到處留情。十七歲，他初生之犢不畏虎，竟然獨自闖蕩江湖。算他好運，沒吃上大虧。只是被當作紈绔子弟，幾次被騙光銀兩罷了。交了學費，吃一塹長一智，他總算買得知曉江湖欺詐和險惡。好運不會常伴左右，要麼不栽，一栽就結結實實地摔到底。栽在難過美人關上，白白喪失了幾十年的人生。

幾年後，竟然給他闖出個「無影鐧陳曉峰」的名號。在無意中，他遇著當年仍處花樣年華的姚舜禹，驚為天人，苦苦追求。基於她時善時惡的怪異性格，必然反應為若即若離，大吊曉峰胃口。原來當時還有一黑道中的俊俏人物——「金背環刀邢克」也苦戀猛追姚舜禹。有一次三人竟同在陳家莊碰頭，情敵相遇，分外眼紅，相約於西山樹林中決鬥，勝則為主，輸者退出對姚舜禹的追求。

邢克使的是一把金背帶三鋼環的虎頭刀，重卅斤，掄起來虎虎生威，呼呼風聲夾著三環撞擊發出擾敵的瑯瑲聲，真具懾敵威勢。若僅有三腳貓功夫，一個照面就身首異處了。曉峰踏著「醉漢凌雲步」，以「沾膚一百零八跌」空手入白刃。只要沾上對方肌膚，便可使之跌翻倒地。邢克被摔跌幾次，仍不服輸。黑道的標準是對方殘廢或死亡為輸，仁厚之人只要對手知難而退便收手。邢克就趁曉峰把他摔倒，警惕稍有鬆懈之際，咫尺施放毒鏢，曉峰急閃，但已來不及，只覺左肩一麻，已知中了毒招，立刻盤腿運功護住心脈和逼毒。姚舜禹聞訊趕來，從遠處看到以下的事：邢克趁機要下毒手，曉峰一抬手，無影鏢出袖吐信，一去一回邢克貫心噴血身亡。

姚舜禹趕到立即運功，和曉峰合力把金鏢和鏢毒逼出，並且在邢克身上搜出解藥給曉峰服下。她隨即運起攝魂大法，把曉峰變成一個失憶的走肉行屍，只會吃喝，卻又沒把武功忘卻。之所以如此做，她認為：第一，對方已被擊倒就不應該取人性命，心太狠；第二，接受誰，主權在我姚舜禹，竟然奪權還以決鬥私自決定；第三，把我當作貨物作賭注。可惱耶！

所以不讓人家辯解就下了毒手。這就是當年姚舜禹的性格和處事手法。她事後細想，事出蹊蹺，邢克中刺立即身亡，不可能發毒鏢於後，再說，若不是中鏢在先，以曉峰的身手，完全可以不用殺邢克的。雖後知如此，但她拉不下面子，不能自認吃癟，不予釋解攝禁。唯有自知的內疚和苦惱，折磨和懲罰自己，老姑獨處了幾十年。

姚舜禹第一個需還債的債主，當然非陳曉峰莫屬了，也順此可解除掉自己幾十年來的心魔。

姚舜禹找到他時，只見到一個年若四、五十歲的美髯公。不用動腦子、無憂無慮生活的人，是特別禁老的。曉峰每天除了吃飯睡覺，就是心無旁鶩地練武。所以禁老之餘，武功進展驚人，簡直可說是進入化境。

陳曉峰攝魂失憶解除後，幾十年的空白，不認識眼前這位美艷而風韻猶存的中年女士是誰？又像幾曾相識。姚舜禹用天賜教的辦法，用腦電波感應與曉峰溝通，也告訴他，不用出聲她便知到他的心裡話。旁人只見他們兩對眼睛對望。有時脈脈含情，有時落寞惘然，有時羞赧低垂，有時豁然開朗，有時……談些甚麼只有他倆才知道了。總之男的已原諒女的，有云「牡丹花下死，做鬼也風流」，何況沒死還獲得心上人的青睞，於是陳曉峰向她求婚。

姚舜禹提出一個條件，若不接受條件，或稍有猶疑都不可以，婚姻之事絕莫再提。

莫說一個條件，只要不是「不結婚」，任何條件曉峰全都會接受。

姚舜禹考慮到不孝以無後為大，自己已過老蚌生珠之年，所以舉行婚禮時，要求二女不分大小共嫁一夫。

陳曉峰沒等姚舜禹說完，搶著答應免得姚舜禹說他猶疑，惹得姚舜禹也忍俊不禁。

「匆忙中上哪裡去找這現成而理想的第二女啊？」陳曉峰著急地問。

「來之前估計到會出現這種結局，一到陳家莊就打聽到，陳守信老鏢師的義女陳慧如，現年四十，守閨待嫁，這是再適合不過的人選。」姚舜禹回答。

當愛一個人，就會無微不至地關懷他，為他細心安排他所想和所需要的一切。故以此可以衡量是否愛和愛得多深。愛和被愛是多麼的幸福！包括親情、友情、愛情……和她當年乖戾性格真有天淵之別。

陳慧如的故事是這樣的。

陳家莊是南北商旅必經之地。押鏢的為求安全，路經陳家莊時，多時要求陳守信鏢局加入，因為在方圓幾百里內，黑白兩道對陳守信鏢局的鏢旗都能禮讓三分的緣故。

有一次完成押鏢回程，老鏢師在荒野救了一個因飢荒被遺棄的女孩，父母希望有善長人翁收養，俾得逃出生天。這小女孩和老鏢師的女兒同年，都是六歲，帶回去不僅救人一命，還可以為女兒陳淑慧找了個伴。他替女孩取名為陳慧如，視如己

出。慧如與淑慧共讀書、同練武。至年長，有時也帶她們一同押鏢，有兩次，有歹徒從境外來劫鏢，當然是鎩羽而遁。

　　廿五歲，陳淑慧染怪疾，藥石無效而逝。這可能是近親通婚的後果。老鏢師要陳慧如找戶好人家出嫁，但慧如堅拒，要服侍義父百年歸老以後才考慮。到前年老鏢師騎鯨仙逝，她卻一時找不到合適婆家。這不是「踏破鐵鞋無覓處，得來全不費工夫」嗎？就這樣，一撮即合，這成為陳家莊的一段佳話。

　　婚後，三人聯袂幫姚舜禹到處去「還債」。不久慧如珠胎暗結，十月懷胎，分娩時因高齡而難產。彌留時，凝淚欲墜，慧如抱女嬰入懷，餵上第一口母乳，含笑而逝。歿者已矣，存者把心中無限的哀思、無盡的祝禱，送葬新墳，慧如妹，安息吧！女嬰在亡母墳前被命名為念慈，姚舜禹視為己出。

　　陳曉峰、舜禹和念慈三人，就在天賜船上住下了。共敘離情，切磋武藝。舜禹夫婦和天賜，少不了暢游海底，樂而忘返……

（十四）

任中玉和任中瑛，因為有了一對兒女，甚少遠遊。每次出山召喚兩馬代步，幾乎每次都有一小馬尾隨，到出山的山口，把牠們都遣返，回來時騎回一對新馬，本意要壯大馬群，想不到這樣一來，起了防止馬群因近親交配而生出有生理缺陷的後代的作用。馬有一特性，母子絕不會產生亂倫。就算一出生便立刻長時間分隔兩地，再重逢也不會。

三年了，兒女雖然只有三歲，但長得像四、五歲般高大。中玉和中瑛帶同一對兒女去參加老朋友劉中興的婚禮。把原馬車裝置好，召回兩匹老馬拉車上路。

劉中興娶鏢師的女兒張幗英為妻。老朋友們相見分外興奮，全桃園鎮更加沸騰起來。天賜一行人少不了一齊湊熱鬧，讓舜禹夫婦一睹智取冰火二煞、解救桃園鎮民眾於水深火熱之中的英雄伉儷。

旬日過去，中玉伉儷忽然接獲挑戰書，具名「雷電天尊涂鎖雷」。他是黑道上響噹噹的一代宗師，冰火二煞是他的徒弟。這次挑戰是為挽回顏臉，替徒弟報仇的，日子和地點任定。

任中玉伉儷唯有應戰一途，但是就連劉中興都對他所知有限。不能「知彼」的情況下，沒有絕對勝算的把握。

　　這件事在鎮內傳開了。在鎮上唯有老江湖姚舜禹對他瞭如指掌。但是，在不露面的情況下，如何向中玉他們奉告呢？由天賜下書親手交到中玉手中，快到連中玉和在場的人都不知怎麼回事。中玉拆開一看，工整的棣書體如下寫著：

任中玉任中瑛伉儷大鑒敬啟者

　　聞悉閣下接獲戰書量閣下對涂某所知有
　限難達知己知彼之絕對勝算今晚三更請
　到西山外沙灘願傾所知竭誠奉告
　耑此順頌金安

　　　　　　　　　　　　　欽慕閣下之朋友敬上

　　屆時，中玉夫婦到西山沙灘應約，卻不見有人在那裡，只見卅丈開外，有幾艘漁船在那裡，拋錨熄燈歇息，唯有等待。

　　不久腦子浮現一種「聲音」：「兩位，現在在下以定向心靈感應之法，與兩位交談，兩位有何疑問，不用說出，只用心想便可，在下定可知悉。」

　　中玉立即心想：「蒙高人指點，在下在此先謝了！」跟著向四方抱拳作揖。

　　「同道中人，勿需客氣，閣下想知甚麼，儘管提出。事關正邪的生死搏鬥，千萬不要客氣！」

「在下夫婦甚少在江湖行走，孤陋寡聞，對涂老前輩一無所知，恭請賜教。」

蒙天賜剛從姚舜禹獲得的知識，現買現賣地與中玉夫婦用心靈感應溝通之法交談。

「涂鎖雷在黑道可以說是數一數二的人物，在黑道中，有眾多徒子徒孫，所以可說為一代宗師。他武功深不可測，在所謂正派的頂尖人物裡頭，要和他單打獨鬥，也未必有必勝的把握。他很少親自出馬，這次可能由於得意門徒中的兩個竟然那麼不堪一擊，幾個回合內就雙雙身亡，不知對方到底是何方神聖？所以要會會兩位，替弟子報仇和挽回聲譽。

「他之所以與所謂的正派誓不兩立，相傳有一所謂的正派，誤中另一正派借刀殺人之計，沒調查清楚，涂家幾乎遭滅門之禍。涂某逃脫後立志要血債血還，從此與所有正派勢不兩立。這也是現在的他，對其徒子徒孫特別護短的原因吧。往後，他奇遇不斷，練成絕世武功——雷電功。發功時，中招的如遭天上雷劈而成焦炭，無可閃避，因為再快也快不過雷電，若以金屬為武器者，諸如刀鎗劍戟、鐋鈀鐧鏢等等，專吸雷電，就算深藏在身，亦必遭雷電追擊之厄。這點千萬慎之！他學成後，單人匹馬就把該派血洗連根拔起，掀起武林的一陣腥風血雨。後來知道從中另有教唆離間者，他又將該派殲滅。」

「雷電尚有甚麼特性？有何制禦良方？」

「當魔頭發功後，未聽聞對方有倖存者，因此無從向親歷者得知防禦趨避之法。但觀察天上雷電現象推測，雷電應是無遠弗屆、達大地而消失。它在海水中稍遜於空中，可能海水接地的緣故吧？從電鰻放電，也許可提供些啟迪，它在短時間連續發電，其勁度亦隨之遞減。另外，電鰻的威力不大，一定與牠的功力小有關。」

「謝謝前輩賜教！所說的都是在下聞所未聞者，對這次應戰大有裨益。打算七天後辰時在此應戰，屆時敢請前輩於陣前賜教。」

「賜教倒不敢，助威是義不容辭。冒昧請問兩位的功力修為達到多高程度？因為涂某功力深不可測，若相差甚遠，恐難於應付。」

「在下虛度廿五，賤內小在下六齡，年紀尚輕，不可能有深厚功力，僅修得百年功力而已。」

「兩位年紀輕輕便有百年功力，難能可貴，佩服。但是作為對付涂某則尚嫌不足。現在請兩位注意，請盤膝打坐，一聽到『好』就接來勢，快速導引七周天，最後納入丹田。暫別發問，切勿分心，免導致走火入魔。準備了，『好』！」

就這樣，蒙天賜為他們夫妻倆每人輸送了整整有五百年的功力。

「大恩不言謝，在下給前輩叩頭了。」兩人向四方各叩了三個響頭，但已無回應。

按所獲悉的資料，中玉和中瑛回去與劉中興仔細研討以弱勝強的作戰方案。基調是：只可智取，不可力敵；只可遠攻，不可近鬥；雷電只可導引，不可力抗。他們詳細地進行部署⋯⋯完全遵照奇叟「謀定而後動」的教導行事。

當日卯時不到，全鎮大小、正邪各派來見證這次可說是難得一遇的世紀之戰。由於都知道涂鎖雷的雷電功厲害，眾人在遠離戰場半里外的周圍觀戰。真是陸上人山人海，海上桅篤桅櫛，圍得水洩不通。

在沙灘外海一側，離岸五十尺處，插著一枝竹篙，套在有一截泡在海中、一截高出水面丈餘的鋼杆丈八紅纓鎗。一艘蝦艇艇艄左側停靠在插杆旁，中玉和中瑛向岸並排盤膝閉目打坐，前面放著兩個籮筐，裡面分別裝滿松針和旋鏢。

辰末己時將臨，只見涂鎖雷從西山頂飄至，快到沙灘來個下馬威，忽地一聲吼。半里範圍內，功力稍遜者將會震至內傷。海面都激起陣陣漣漪。顯示極其深厚的內力和絕頂輕功。

「船上就是任中玉、任中瑛麼？」

「正是，恭候前輩賜教。」中玉不卑不恭禮貌地回應。

「你們是屬於何門哪派？如實報來！」

「無門亦無派，生於山野，長於山野，與猛獸凶禽為鄰，上代悟出求存之術，傳下作為防身而已。由於甚少出山，對江湖事可說是孤陋寡聞，有不周之處尚請海涵。」

「哼，問亦多餘，一出手便知師承，騙不了老夫。讓你們三招，免得江湖上說以老欺小。發招吧！」

「好，請前輩注意了！」說完兩人各以五成的功力發射袖中針——松針。每輪增加一成功力，第三輪已達七成功力。涂鎖雷到底功力深厚，松針僅感到刺痛，一次比一次痛罷了，尚且忍得住。第四次以全力——六百年功力發射。三招已過，涂鎖雷知道一次比一次勁，這次拂袖擋撥來襲，雖已貫有內力，仍有燒穿袖布者。更可惱的是，看不出他們到底是屬於哪一門派？對於松針這一暗器，他則暗中嗤之以鼻，碰上雷電功，把你燒成灰燼，看你惡到哪裡去！

天賜把涂鎖雷的想法，用心靈感應傳告中玉夫婦，着他們小心。

中玉對中瑛小聲招呼，涂鎖雷要發功了，成敗與否看能否避開第一擊，一旦成功，等他怒不可遏時，立刻聯手傾一千二百年功力發射。

涂鎖雷想一出手就解決戰鬥，否則顏臉無光了，於是用六

成功力發射雷電功，只見電光閃爍，夾雜震耳雷聲，激起海面一片漣漪，誰料雷電全被鐵杆吸收導入海中消失無蹤。涂鎖雷雖會發射雷電功，其實他自己也不完全瞭解其特性。只以為對方功力深厚或距離遠的緣故。於是盡全功發射，雷聲大作，電光炙眼，圈外觀戰，功力淺的紛紛震倒在地，人們於是爭先恐後地又後退半里地。

　　而海面掀起三尺浪，中玉、中瑛倆施展千斤墜身法穩住小艇，雷電功仍然無效，激起更多的水滴懸浮空中，海面卻浮起一片翻肚死魚。涂鎖雷於是想飛身上艇肉搏，五十尺遠近是難不到他的。誰知剛離地起動，就有一股力量把他壓回去。氣得他七竅生煙，自從出道以來從未如此失過威。他領教到對手的功力不在自己之下，剛才發針功力原來有詐。

　　天賜著中玉倆是其時全力發射了。中玉夫婦撫背聯手傾全力，以少量松針、大量旋鏢發射。

　　涂鎖雷也傾全力發功來燒毀松針。當旋鏢與雷電相遇，熔化成無數帶著高壓電的游離熔銅液滴，雷電激化空氣中的氮，遇水氣變成了硝酸從而形成無數帶電的硝酸銅液滴，只見點點寒星穿過雷電，追擊涂鎖雷。地動山搖海蕩、驚心動魄的電光熄滅、雷聲寂寥後，沙灘上留下涂鎖雷面目全非的一片焦薑炭粉，更混合著點點銅粒在閃爍著淡淡藍光，海面上又添多一片陪葬的翻肚魚屍。這次涂鎖雷步了徒弟後塵，自食其果，魂消魄散，真正成為「徒所累」了。

中玉夫婦抱拳向天作揖，心中感激前輩相助，阻涂鎖雷飛躍上艇，否則後果將會如何，真屬難料。敢請前輩現身，以便面謝討教。但無回應。

全場靜了片刻才暴出海蕩山搖的歡呼聲。黑道朋友，噤聲鼠竄，作鳥獸散。看來短時間內沒有人敢找中玉兩夫婦挑戰和報仇了。

……

「劉兄，你說，背後的高人會是誰呢？」任中玉向劉中興請教。

「此高人神龍首尾都不見，煞費思量。是否可以擺一擺、捋一捋近來與他有關的一切蛛絲馬跡，可能會理出點思路或線索。」劉中興建議。

「好，能道出涂鎖雷情況的，應是老江湖，或者他與老江湖有密切關係。能否估計出其年齡？」

中瑛和中興同聲說：「不可以！」

「功力異常深厚，當今武林，有誰達此化境？」

中瑛和中興同聲說：「不知道！」

「送信者快如鬼魅，在座的無一可睹其身影，當今武林，有誰達此境界？」

中瑛和中興同聲說：「不知道！」

「若不是快速，而是障眼法呢？」中瑛問。

「不對，障眼法瞞不過我們，攝魂大法在我們不經意之下或許還說得過去。哎，難道是她？」中興說。

中玉有所啟發，脫口搶著回答：「你的意思是指姚舜禹她老人家？——唔，想來又不可能，因為字跡一點都不像是出於女士的手筆。」

「她可以請人代筆啊。」中興說。

「她不想露面，不會亂請人代筆，除非——啊，他們是一夥的。不僅是她，而是他們！」中瑛說。

「難道是：『天下無敵文武全能神童蒙天賜』和『攝魂使者姚舜禹』他們兩位？」中玉說。

中興和中瑛齊聲說：「有門兒！」

「他們擺平了惡霸甄佈仁一伙以後，便好像在人間消失。有謂大隱於市，難道就在桃園鎮？三年來劉兄有否注意到，有何異乎尋常的少年呢？無論高人是否就是他們，我們夫妻二人都非常渴望能交如此俠義的能人。」任中玉說。

「慚愧，有如此高人在桃園鎮，竟然有眼不識泰山致緣慳一面。如果他們真的大隱於此，專職收購漁獲的夥計或者會提供些線索。」劉中興說。

……

劉中興回來稟報說：「根據姓張的掌櫃說，經提起，他想起近年來的確有一少年和他爺爺，十天八日才來賣一次魚，賣的都是特級好魚。若不是他親身眼見，真不會相信在三幾年內，一個十歲左右的少年會快速成長成為十六七歲的年青人。另外，近來前來售賣漁獲頻密多了，三幾天就來一次。張掌櫃說不知道是不是我們所要打聽的人。」

「由賣魚次數來看，這幾年姚前輩應該不是與蒙少俠在一起，可能是最近才來會合的。」

劉中興打算親自坐鎮收購處，看看能否有所發現。誰知等了近廿日都不見欲見之人。看來他們經已轉移。

話說回頭。蒙天賜一行，眼見任中玉伉儷在前無借鑒的情況下，又一次智取魔頭涂鎖雷。不禁由衷地佩服部署的縝密和周到，一切都像是在按計算進行。他亦從中學到了如何應付雷電的寶貴知識。當然在過程中天賜也幫了關鍵性的忙，是集體智慧和合力的勝利，也應了邪不勝正、惡有惡報、玩火自焚、自作孽自食其果終吃癟。

天賜暗忖，如果自己也全力發電，比起涂鎖雷的雷電功當有過之而無不及，如此霸道的武功，還是不用為妙。

考慮到行蹤有所暴露，商量的結果是，蒙天賜一行人決定離開桃園鎮，往海上到處遨遊去也。

（十五）

當蒙天賜、姚舜禹和陳曉峰潛水，暢游海底世界，他們欣賞「龍宮」美景，樂不思蜀。

這時，蒙爺爺被兩艘中拖漁船挾持。幾個蒙面大漢過船，將蒙爺爺捆綁、布條塞嘴，抱走陳念慈，留下一信箋揚帆遁去。

天賜一行人回船，發現不見了小念慈，立刻替蒙爺爺鬆綁，姚舜禹焦急地訊問到底發生甚麼事？

鬆了綁後，蒙爺爺從腰帶內掏出一信箋交給陳曉峰說：「有四五個蒙面人把我捆綁，把念慈抱走，臨走塞了這封信，二話沒說走了。」

信封寫著：姚舜禹女俠蒙天賜少俠台啟。內容是：

姚舜禹女俠蒙天賜少俠台鑒

欲領回女嬰請自廢武功於十日內到桃園鎮
自有分曉千祈勿心存僥倖橫生枝節是盼
尚此順頌金安

任中玉任中瑛敬上

陳曉峰剛把信唸完，姚舜禹愛女情切，第一時間的反應是暴跳如雷：「這兩個欺世盜名的下三濫，不稱稱自己有多少斤

兩，竟然恩將仇報。念慈有甚麼差池，哼，老娘就要兩個鼠輩吃不完兜著走，嚐嚐要生不得要死不能的滋味！……」

「恩將仇報倒說不上，他們未必知道你們有恩於他們。問題是你們與對方之間到底有些甚麼過節？乾著急解決不了問題。」陳曉峰說。

「記憶中，從來沒有和他們有過任何直接接觸，從何來的過節？要麼就是甚麼受害者的後人。也不對，天賜出道尚淺，待人以恕，怎麼也拉不上關係，就算是無意中傷害了一些人，不太可能有那麼強的後人。你們說對嗎？」姚舜禹說。

「對方所忌怕的是我們的武功，小姑姑被挾持只是作為交換條件。若真有深仇大恨，自廢武功後必有進一步行動。所以要保住小姑姑的安全，更應該維持強勢武功。這點對方亦會考慮到我們不會輕易自廢武功。再說為甚麼不把陳爺爺也包括在內呢？這絕不是無心的破綻。所以，越是保住武功，對方就越不敢動小姑姑的一根汗毛。由此推測，可能其中隱藏著更大的陰謀。」蒙天賜分析說。

「九歲孩童就能作出這麼精闢的分析，真不愧是神童。」陳曉峰讚說。

「武功不能廢，念慈要快救。陳爺爺是生面孔，是不是可以先去探探路？」蒙爺爺提議。

　　話分兩路，有一個晚上，一個老婆婆抱著一個女嬰，到任中玉伉儷下榻處求見。

　　一見面，老婆婆雙腳下跪，雙手捧上女嬰說：「兩位大俠在上，老身受恩人姚舜禹女俠之托，把剛剛收養的孤寡女嬰為孫女陳念慈，暫寄養在尊處，以免再受歹徒所乘。姚女俠為這弱女復仇後，自當登門面謝。」

　　「既然是姚舜禹女俠之托，這是對我倆的信任，是我倆的光榮。我倆當仁不讓，必竭誠保護女嬰，不叫有絲毫損傷和閃失。放心好了。」中玉抱過女嬰說。老婆婆再三叩謝，額手稱慶，並呈上兩頂可防隔空吸功和攝魂等的特製氈帽，方才離去。

　　一歲多的陳念慈受到三歲的任龍任鳳兄妹非常友好的接待，相處融洽和愉快。

　　……

　　陳曉峰持拜帖造訪任中玉伉儷。中玉夫婦戴氈帽出迎：「歡迎陳老英雄光臨，不知有何賜教？」。

　　「不敢，三天前不慎丟失小女，老朽遵照閣下帖請崀此登門前來認領，先表謝忱、銘感在心！」陳曉峰說。

　　「老英雄此言差矣！首先，在下從未發出任何函件。其次，舍下確有一父母雙亡的一歲女嬰，是一高人所暫托。老英雄令媛的遭遇，在下甚感同情和遺憾，衷心祝願老英雄父女能早日

團聚！若有用得上在下的，必竭誠以赴不辭。」任中玉心存疑惑，他到底是何方神聖？編辭白撞。

陳曉峰心想；好傢伙，三言兩語就把問題全給卸得一乾二淨，真是人不可貌相！無奈之下，抱拳告辭。

中玉回禮：「老英雄慢走！。」

中興表示親切關懷，一手輕撫曉峰肩膀，另手向前一讓。請字尚未說出，被曉峰誤認為是挑釁，遂踏起「醉漢凌雲步」施展「沾膚一百零八跌」中第七十一式的「醉漢卸袍」，把劉中興向屋外庭院拋去，事出突然，中興沒料到有此一著，算他反應敏捷，在空中打了好幾個空翻來卸勁，著地時仍跟蹌了好幾步才站穩。

就在陳曉峰發招完成的剎那間，他已被彩綾裹得結結實實。中玉配合無間地一個箭步趨前，點了曉峰的啞穴，說聲：「老英雄，得罪了。一個時辰之內必可自解。」

陳曉峰顯現出滿臉的複雜神情，抱拳一揖，走了。回到船上，姚舜禹為他解了啞穴，天賜特此輸送了幾百年功力給他。有此深厚功力，以後如果沒有相若的功力，一般的點穴法是再為難不了他了。

蒙爺爺不憤地說：「簡直是欺人太甚！」

陳曉峰：「看來問題不是想像得那麼簡單，疑點令人心煩意亂。」

姚舜禹到底是個老江湖，通過一段冷靜期後不再激動，避免影響對事物的判斷能力。

「越是這個時候，我們越需要冷靜，別自亂陣腳。先把疑點擺一擺，但願能理出個道道來。你先說說，好嗎？」姚舜禹衝著曉峰說。

「好，我先揀主要的說說。」陳曉峰說，「首先，他們推卸說沒有發出任何函件，卻又承認確有一女嬰。其次，既有一女嬰，卻是一高人所暫託。再就是，既有敵意，卻又客客氣氣；又不出重手點穴。」

「讓我們試站在他們的立場，該是如何處置這問題？」姚舜禹建議說。

「這樣一來，是否首先要假定對方到底是俠義，還是奸宄？」蒙天賜說。

蒙爺爺問：「是俠義又怎麼樣？是奸宄又怎麼樣？」

姚舜禹回答：「若屬奸宄的，就是披著羊皮的狼，一切疑點只是掩飾手法，甚麼壞事都做得出來，甚麼事情都可能發生。若屬俠義的，他們所說的必然都是實話，那麼只能有唯一解釋，就是被栽贓嫁禍。那麼是誰栽贓？又為何嫁禍呢？」

「那麼怎樣去分辨呢？是不是可以拿那封信去和他們對質？」蒙爺爺問。

「是有必要用那留條和他們對質，如果仍然遭到否認，還是分辨不出是否奸究。」陳曉峰說。

「這個好辦，只要天賜運用心靈感應法，他們就無可遁形了。」姚舜禹說。

「對，的確是好主意。」大家都贊成。

「現在問題集中於：他們若是俠義的就好辦；如果不是，如何保證小念慈的安全？又怎樣營救呢？」姚舜禹提出問題。

一直不甚出聲的蒙天賜開腔了：「何必大費周章，奶奶只要使出審訊功能的攝魂大法，一切都迎刃而解了。」

姚舜禹額首一噓：「自從三年前一役後，為『還債』一路上，大法只『解』而不再『攝』，加上有天賜的心靈感應可依賴，幾乎都忘了這玩意兒了。事不宜遲，就這麼辦，寫好拜貼就去。」

……

「又是陳曉峰，這次還加上姚舜禹和蒙天賜，看他們這次耍甚麼花樣，竟然還想冒充姚舜禹和蒙天賜兩位俠義之人。我們要加倍小心應付，所謂來者不善，善者不來，不能掉以輕心！

劉兄這次不宜露面,請在屋外僻靜處接應好嗎?」

任中玉安排妥當後,和中瑛雙雙出迎。

雙方禮貌式寒暄後,姚舜禹立即施起攝魂大法,竟然毫無反應。到底是老江湖,見識廣,不動聲色地用心靈感應法要天賜以閃電手法除掉他倆頭上的氈帽。

頭頂的氈帽被除掉了,快到連他倆都感覺不到。但是,攝魂大法仍然不起作用,這是姚舜禹出道以來,除了初遇蒙天賜之外,從未碰到過的情況。這是由於,中玉他倆本來已獲得天賜贈予的五百年功力,更於絕頂三年,在奇叟的指導下,他們提升功力和武藝,達到不畏玄武寒冰、不懼三昧真火、不怕天下劇毒、不受蠱惑迷幻的境界。但是,中玉倆只要心想東西,天賜和姚舜禹便能感應得到。

以下就是天賜感應到他們的思想:「這群人到底想耍甚麼花招,幸虧義父傳授了任何蠱惑迷幻不受之術,想蠱惑我們?沒那麼容易。找一個十六、七歲的年青人來替代九齡孩童的蒙天賜少俠。再說,姚舜禹老前輩,據說都享齡古稀以外,卻找個風姿徐娘來蒙混過關,不僅是幼稚得離譜,簡直在侮辱我們的智慧。」

感應到這些,又逗起姚舜禹童頑之心,要天賜繼續玩下去。

「我們是接獲賢伉儷之請登門赴約候教的。」姚舜禹說著把便條雙手遞上。

中玉雙手接看後，遞給中瑛，然後回答說：「很對不起，一來這信箋並非我們發出，再說也不是我們手筆。不知閣下，從哪裡得來這捏造出來的東西，陷害在下夫妻？」

「是否有一叫陳念慈的周歲女嬰在府上呢？抱出來一認就可以分辨真偽了。真的假不了，假的跑不掉。尊意如何？」姚舜禹說這話不使對方有所異議。

中玉心想，一招不成，又來一招，看你們還有甚麼花招，儘管使出來。若想在此撒野，為保護念慈，別怪我們不客氣了。他們於是吩咐女傭把念慈抱出，任龍和任鳳也尾隨出來。念慈一下地見到姚舜禹，一邊叫著娘，一邊舉著雙手撲過來。姚舜禹將要趨前迎抱，說時遲，那時快，只見彩綾一展一收間，念慈已回到中瑛懷抱中。

只聽得中瑛一聲嬌斥：「心腸如此歹毒，連周歲孩童都施加妖術，可惱耶！」

姚舜禹夫婦就要發作，被天賜按住說：「請大伙稍安勿躁，先聽小輩一言。看來此事另有隱情，致使雙方誤會加深。如此一來事情越弄越僵，難以解決問題。反而使親者痛，仇者快。」

這一番話頓使雙方都暫時按捺下來。

天賜繼續往下說：「看來兩位任大俠並未見過姚舜禹女俠和蒙天賜，誤會便由此產生。我們到底是誰？試用以下兩件事來證明並非特來招搖撞騙。首先，兩位前輩的氈帽如今在小輩手上，與上次送箋是否屬類似手法？」

這下子中玉夫婦對望才發現，氈帽不知何時及如何給摘掉的。

天賜再繼續往下說：「大伙不用開腔，彼此閒談幾句好嗎？」同時用心靈感應說：「現在該相信我們並非專門來找茬的吧？」

這下子，中玉夫婦連忙要下跪謝罪兼謝恩，天賜一把扶住沒讓跪下：「折殺小輩了，舉手之勞，受不起如此大禮。再說，不知者無罪，前輩切勿介懷！」

小念慈早就親暱地投入姚舜禹懷中撒嬌。任龍小兄妹也湊過去和念慈逗趣玩。

至此，弩張劍拔的氣氛頓時化解殆盡。

（十六）

中玉說話了：「看來有人利用我倆的無知，鑽空栽贓，讓我們與各位大動干戈，他就來個坐山觀虎鬥。這幕後惡魔到底是誰呢？」

「看來是衝著我們二人而來的，要揪出幕後元兇，要從長計議，現在應維持原狀，不宜打草驚蛇。三個小孩兒看來非常投緣，念慈也樂得有個伴兒，恐怕她要在府上叨擾一些時日了，兩位不介意吧？」姚舜禹說。

「不介意，得前輩信任，是我倆的榮幸是真，放心好了。姚前輩見識廣，江湖經驗豐富，在這問題上，祈請不吝多多指教且指點該怎麼辦？在下夫妻馬首是瞻。」中玉誠懇地請教。

「從兩頂氈帽就可以看出此人絕非泛泛之輩的老江湖。看來主要都是衝著我婆孫倆來的，憑藉兩位能滅殺涂鎖雷的功力，應足以剷除我婆孫倆，若能兩敗俱傷更好，可坐獲漁人之利。現在將計就計，我們做場假戲，兩位千萬不要去明查暗訪，免引起疑心，他必然會主動找你們的。我們不宜久留，以後可於五更天，在西面沙灘老地方的向外海懸有兩盞燈的漁船，用心靈感應連絡。我們這就行動。」姚舜禹說。

「好，旋鏢俠劉中興在屋外把風接應，不知就裡，大可假戲真做。請請！」中玉兩夫婦抱拳說。

　　頓時打殺聲從屋內傳出。只見陳曉峰連滾帶爬地跌出門外，跟著兩婆孫亦飛快竄出。劉中興截住大喝一聲：「哪裡跑？」尚未動作就被天賜點了穴，姚舜禹另加一腳把他踢翻幾丈遠，說聲：「螳臂擋車，不自量力，對不起冒犯了。」前半句是說給他人聽的，後半句是說給中興聽的。語音未落，兩人已挾扶著曉峰遠去。中瑛追出，被中玉喝止：「窮寇莫追！小心中了調虎離山之計！救劉兄要緊！」

　　……

　　五更天，中玉喬裝海邊摸蜆挖蚶者，與天賜連絡，天賜簡單地介紹了乾奶奶和自己的際遇。說到氈帽，他從姚舜禹那裡現買現賣地敘述。

　　「原來氈帽上摻織了十圈左右、世上極度罕有的千年漠蠶蠶絲，戴上它能醫治一切頭疾，起明目聰聽的效果，而且還能提神祛除疲勞，冬暖夏涼……更重要的是，它可以抗攝魂奪魄，防隔空吸功，拒蠱惑迷幻。所以武林中人視之為萬金不換的無價至寶。

　　「萬里無垠的沙漠，在遠古本是一片翠綠之洲，後來逐漸漠化，物競天擇，適者生存，千年漠蠶就這樣由普通的蠶蟲演變而成。它具有硬殼，以保持體液不因蒸發而流失且不懼腐蝕；還演化成雌雄同體，便於自身繁殖；具奇香誘獵食者食慾。但漠中獵食者，稍微沾碰都痛癢非凡，一旦由於饑餓難耐，當不

容滯留口中咀嚼，唯有強行吞噬進肚，這時就成為其寄主。它吸吮體汁成長，儲夠吐絲養分然後穿腸破肚而出。也許要經過數百年將養分轉化，它才能吐絲造繭，再過數百年才破繭而出，此時腹中的一至二卵開始孵化，又要數百年才破殼而出，母體亦隨之死亡，幼蠱在母體內吸吮亡母體液為生，既長，破母體而出。它漫長地等待寄生母吞噬入肚，按上輩的生命過程循環一次。

「在廣闊的漠野，可想而知，能完成生命循環一周的機會是微乎其微。例如渺茫地等待被吞噬，遇到巨大塵暴可造成死亡等等。即使萬幸可結成繭，茫茫沙海，何處尋覓？所以它自然成為可遇而不可求之珍稀奇寶。

「武林中知者已寥寥無幾，知者亦不外宣，且無不為此生死相奪、得而後快。姚奶奶是從其恩師口授中得知。

「洞悉姚奶奶擁攝魂大法，為利用兩位而穩操勝券，不惜以奇珍借或賜於兩位，可有以下兩種情況：其一，自視甚高，必可設法取回；其二，與兩位應有淵源，取不回，相贈亦無妨。兩位試想想對此有無絲毫蛛絲馬跡可尋？來人漸多，不宜久留，明日提早半更天再談。再會，請請！」

中玉回去後，向中瑛和中興轉達了天賜他們的表述和看法。三人於是把整件事順理一遍，唯一接觸的只有那老太婆。要說可疑的話，如此帶有冒險性的托孤大事，表現得還得體，

該不是沒見過大場面的一般人，而且感覺得出她具有不深厚的武功。至於有淵源的的問題上，夫妻倆的孤兒身世，哪來的深厚淵源？與義父間接的唯一關係就是「閃電手雷霆」一人罷了。他是義父的同門師兄弟，幾十年前被逐出師門後，斷了音訊。義父叮囑，千萬不要去主動尋訪，若遇此人，也不要和他沾上任何瓜葛，萬一他有需要時，可暗中施予援手，如此而已。至於天大的過節或仇隙，恐怕只有涂鎖雷那一系人，那就應該是衝著我夫妻倆才對了……

第二天，他倆依時赴約，把昨天三人所能提供的線索敘說一遍。

姚舜禹他們認為：「從最關鍵的氈帽著眼考慮，排除了涂鎖雷那一系人尋仇的可能性。所以還是應該從最大嫌疑的老太婆那裡入手追索。既然雷霆與兩位有些淵源，那麼她與雷霆是否有關連呢？她武功低微應該不知千年漠鹽之事，雷霆倒可能知曉。精心策劃已久的陰謀，憑甚麼會信任這麼一個老太婆？這點完全與雷霆的為人不符。從這兩天任中玉大俠高超的易容術推敲，老太婆就是雷霆所喬裝的可能性極大。請問，老太婆是屬甚麼口音？」

中玉回答：「是地道的本地口音。但是我們都諳口技之術。雷霆師叔該也不例外。」

天賜傳音：「要證實這點，唯有抓到老太婆才行了。按理，這幾天內應該會登門查探，屆時通知我們，由我們行動，若真是雷霆所扮，賢伉儷可免以下犯上之嫌。但是如何通知呢？」

「可以用『吟波一聲嘯』定向傳達，承賜功力後，相信可遠達廿里開外。」中玉回答。

「好，這幾天，天賜和姚奶奶就潛伏在府上背後山頂，當送走老太婆後，通知一聲便可。若無其他問題，中玉大俠也辛苦了，敢請大俠回府休息。謝謝！」

「謝謝各位，為我們夫妻考慮和設想得如此仔細入微，真是由衷地感激，謝謝！再見！」

不出所料，兩天後老太婆來訪。探問劉中興的傷勢，打聽陳曉峰的情況，還逗玩了陳念慈一會兒便告辭。中瑛早就借故到屋後以「吟波一聲嘯」通知蒙天賜他們。

老太婆一轉出山坳，在靜僻處就被天賜擒獲。天賜和姚舜禹立即感應到，「老太婆」的憤怒和無奈：「又栽在你們兩個尅星手上，真是天絕我也！」「老太婆」一頭撞向山崖，被蒙天賜一把拽住。

至此，不需多費唇舌，姚舜禹一聲不吭，施法把他變成永久失憶之人，讓劉中興安置在「雅聚軒」頤養天年。

（十七）

任中玉一家離家有一段時日，也該回家了。這次邀請姚舜禹一家、劉中興夫婦和蒙天賜爺倆同行。蒙爺爺的那艘船由劉中興安排人妥善保管。三輛滿載友情和禮品的馬車出發，又是一番隆重歡送。小念慈非要跟任龍任鳳在一起不可，三位女士和三個小孩只好同乘大車居中、中玉、天賜和蒙爺爺三人一車領頭帶路，曉峰、中興二人一車殿後。以遊山玩水的閒情逸致心情，緩緩地行行復行行。

進入原始森林，參天大樹箟櫛，樹冠華蓋蔽日，叫人不辨東西南北，若沒有任氏伉儷引路，必蕩失在莽野林海之中。

蒙爺爺和天賜一生人，生於海，取於海……只與海有不解之緣，從未見過群山叢林，而天賜起碼在書本上有所涉及，蒙爺爺則是見所未見，聞所未聞，像似走進了萬花筒；不時禽鳥撲翼囀啼飛越，有時走獸昂首低喏穿梭，蒙爺爺看得目瞪口呆，對一切都感到新奇。中玉不厭其煩地一一介紹和解釋。

過了幾個山頭，進入斷崖谷地，雖然少了參天大樹，卻仍是那麼青蔥翠綠，溪水蜿蜒。

有一次，小群餓狼隨著嗥聲從灌木叢後面竄出，群馬嚇得嘶叫起蹶，中玉一方面以馬語安撫群馬，同時摔鞭一招「飛雪

尋芳」抽爆帶頭惡狼的鼻子，只聽得一聲慘嗥，帶頭的狼老大連滾帶竄，飛快沒回林中遠去，尾隨群狼亦瞬間消失無蹤……

不日，矗然的絕崖遙遙在望，尚離廿里左右，中瑛已迫不及待地以定向「吟波」嘯聲報知奇叟。不幾，奇叟已飛身趕到。

小念慈學著任龍任鳳兄妹，也撲到奇叟懷中，頓使奇叟樂不可支，應付不暇。

經介紹及寒暄過後，話匣子打開，隔膜全消，真是一見如故，相見恨晚，其樂融融。

路上奇叟順手抓了幾隻山雉野兔和一隻小麂，還挖了一大堆蕃薯、芋頭和青菜，更採集了不少適時水果，揀了一大束乾柴枯枝。晚餐有著落了。

到了絕崖崖底，除了蒙爺爺和三個小孩之外，每人的輕功都不弱，在奇叟指點和示範下，都能很輕易地上下崖頂。天賜以奇叟所示範的兩種方法輕易地上下各一次後，背負著蒙爺爺施展跳蚤功上崖頂。跳蚤能跳出其身高的三百至四百倍，相當於普通人可輕易跳上一里的高度。三輛卸了輪子的車輛，借助馬匹用繩索吊上了崖頂。馬匹照舊自由放草。

天賜發電只聽得「噼啪」一聲，把乾柴枯枝堆點燃，大伙圍在崖頂篝火旁席地而坐，炭火下埋烘著蕃薯和芋頭，篝火架

上吊著一大銅鍋，煎熬著麂骨、青菜、蘿蔔湯，篝火周圍人手一叉燒烤著野味，木碗竹筷，喝著奇叟自釀的香醇百果雜糧酒。

真是酒逢知己千杯少，話到投機不眠休。各人說著自己的故事，陳、姚數十年的離合、蒙爺爺和蒙天賜的悲歡際遇、劉中興的復仇記、中玉夫婦江湖行以及最近的栽贓事件、不打不相識的誤會等等。當說到雷霆最後的安排，奇叟兄弟情深，不禁喟然。

不覺間斗轉星移，東方已開始發白。眾人腳盤腿手捏訣，迎著東來紫氣打坐，練功養神半個時辰。不會打坐的蒙爺爺就打點和服侍三個小孩起床，並張羅煮小米蕃薯稀飯給大伙作早餐。

順便一提，蒙爺爺漁家出身，沒有晚上必須睡覺的概念，工作是生命的首要。舉個例，當下了拖網，要為下次下網作準備、分類和處理剛起網的漁獲、補網等等。一切妥善後，差不多又該起網了。手腳麻利的話，可能會擠出點時間打個盹。所以蒙爺爺練出任何時間都能睡著，也可以長時間睡覺或不睡覺。海豚睡眠時間亦極短，天賜打坐是從姚奶奶那裡學的。

大伙轉移到車屋裡，一邊喝著熱粥，一邊聽奇叟娓娓地講述他的故事。

一百多年前，一位名將的後人在沙場上騁馳十多年，最終把外敵打敗驅逐，立了赫赫戰功，凱旋班師。將軍他既厭倦了

打殺生涯，更憎惡官場傾軋，隻身遁跡到遠離人跡的山野，拋妻棄子和諾大家業，似乎失掉得太多了。在和平環境下，帝皇忌賢，宦官弄權，幾年光景，忠良有幸者身陷囹圄，不幸者滿門抄斬。急流隱退的這一著，反而保了家、衛了族，大智若愚也。

　　將軍在遁跡途中，但見戰後滿目瘡痍，餓殍遍野。當中，他先後把即將餓死的兩個小男孩救了並帶往深山野林的靈山。這兩個小孩，一個是現在的奇叟，另一個是雷霆。

　　三年後，將軍的拜把兄弟隻身逃亡，還帶了一個在路上救活的小女孩，找到靈山來。靈山本來在深山野林裡是個無名的山頭，征戰年代，在這裡打了一場決定性的大勝仗，從而扭轉乾坤。將軍與拜把兄弟私底下命名此地為靈山，故此只有拜把兄弟才會找到這裡。

　　將軍的拜把兄弟就選靈山對面的山頭落腳，命名為霄山，一壑之隔，雞犬之聲相聞，但要串門，得下山來再上山，非個把月不可，而且還得好腳力才行。

　　這一帶屬石灰崖地質，所以有大大小小的溶洞，內藏幾十萬兵馬，毫不足奇。當年靈山戰役就是隱兵奇襲，殺敵於措手不及而大獲全勝。溶洞內鍾乳石千奇百怪，鬼斧神工。將軍作為一個武將，面對如此龍騰、虎躍、鷹擒、蛇纏、猿攀、兔脫、鷔蹴、鷹爪……的形象，在搖晃著火炬的照耀下，一切形象也

在動。初時頭昏目眩，後來很自然地悟出武術招式的創新和改進，再在山野生存的實踐中予以提煉和升華。某些招式，看來怪異卻合理而實用，但總是做不來，經過多次鑽研，終於發現，改變吐納狀況，竟然輕易地便辦到了。這是一次大突破，假以時日，創出別樹一格的心法，武功於是突飛猛進，他成為名不見經傳的一代靈山派宗師，兩個亦子的孩子亦徒當然得益匪淺。

對面霄山，將軍的拜把兄弟由於被奸人害得家破人亡，雖已報仇雪恨，仍深感人性的叵測和歹毒，於是立心走另一路線，以便洞悉人心，俾能懲戒歹徒或改變歹念。他最終從變幻萬千的鍾乳石中，和靈山山主心法的啟發下，悟出攝魂大法，成為純心理派攝魂的一代宗師。亦女亦徒的孩子就是他的唯一傳人。

靈山派心法以壓抑為主，而霄山派則以順導為主，合稱的靈霄派雖同出一源，卻各有倚重。由於沒顯露於江湖，加上師訓嚴禁洩露師承，故靈霄派鮮為人知。

孩子們既長，渴望多多交往。橋是唯一最為方便的交通工具。兩山之隔，說遠卻可藉空谷聲傳，說近卻不可飛越，連強弩都達不到。再難也難不倒有心人，一隻大風箏把細索送到了對面山頭，最終縛好了三根由山籐編織成手腕粗、不會乾裂、不會濕霉的籐纜，對於都具上乘輕功的人，來回其間已綽綽有餘了。

情竇初開，追求異性，是一切生物與生俱來的本性，何況是萬物之靈的人。姑娘長得標致嬌俏，哪個小伙子不想親近和追求？

雷霆長得一表人才，瀟灑飄逸，活潑聰明，口齒伶俐。奇叟為人踏實，彬彬有禮，待人誠懇，見到異性頓時變得口舌木訥。三小青梅竹馬，無邪無猜，一旦情竇鏡開，雷霆更顯洋溢開達，奇叟反歸含蓄內斂。

雷霆理所當然輕易獲得姑娘垂青，奇叟一方面為他們高興，一方面又羨慕他們。唯一可做的是把那份愛，深深地埋在心坎裡。

情到濃時，好事多磨，姑娘胎珠暗結。雷霆要姑娘趁早把胎兒打掉，姑娘堅拒不肯。一日，三師兄妹山頭聚首商議。

姑娘低語：「事至如今，不如稟告師父師伯，請他們兩位主婚，讓我倆成親，你們說好不好？」

奇叟表示絕對贊成並且恭喜兩人，而雷霆卻堅決反對。此事必定會遭到兩位師尊反對，而且不敢想像會遭致甚麼惡果。

奇叟於是問道：「那麼你有甚麼好提議呢？」

「你學武天資最高，兩位師尊對你特別好，你先把這事承擔下來，渡過目前難關再說，以後見步走步，最後由我來了結，好不好？算是求你了。」雷霆說。

「這怎能行得通呢？這樣，對師妹……」奇叟話沒說完，在毫無防範下，被雷霆一掌打下萬丈山崖。雷霆飛身報知師父說是奇叟愧疚投崖。在雷霆走後的剎那間，姑娘在萬分羞愧和絕望下跟隨投崖，自盡。

師父施展壁虎功沿懸崖而下，下至四十來丈處的橫生松樹上，分別找到已昏死過去的奇叟和姑娘……姑娘傷了胎氣流產，虧得兩人功力底子夠厚，僅是些皮外傷，無甚大礙。這時，雷霆不得不從實招認。當救醒他倆時，雷霆已被逐出師門，黯然下山。

轉眼十幾年光陰匆匆飛逝，兩師父都願撮合二人，奇叟也願意與姑娘共結連理，並照顧姑娘終生，但都被婉拒。姑娘認為對奇叟極不公平。

……

某日靈霄兩宗師同時並肩一齊涅槃坐化，奇叟和姑娘為之修好塔龕且守廬七七四十九天以後，遠離傷心地。

姑娘在南山山麓髡髮結廬獨居，以所懷之絕學不計報酬地為需要的人排難、解危、救急、贈醫、施藥，從而贏得「南山聖女」的美譽。她就是姚舜禹師姪的師父。由此可知，當時的雷霆是不會被姚師姪的攝魂大法所能制伏的。

說到此，姚舜禹又驚又喜，立即向奇叟下跪，向師伯叩了三個響頭。這樣一來，姚舜禹又成為中玉和中瑛的師姐了。

蒙爺爺突然冒出一句，也是大家急切想知的問題：「那麼您老人家尊姓大名，今年貴庚啊？」

「嗬嗬，也該是百齡開外了，多大歲數對我來說，再也沒有甚麼意義。名字只不過是一個招呼罷了，事隔那麼久，也沒人招呼，全都忘了。」奇叟答。

「請教師伯，既然靈、霄同宗，為甚麼目前不能明顯地看出存在著的共通特點？以致不能認出師弟妹們有同宗之誼。」姚舜禹問。

「先師是將門出身，所以將溶洞內所見『能動』的形象招式著眼於對人的對壘，自從你師伯定居此崖後，要面對的是真正的禽和獸，甚至於蛇蟲。要對抗熊、虎等的千鈞力，猿、豹等的敏捷矯健，鷹、鶥等的堅喙利爪，狐、蛇等的狡點等等。首先要洞悉甚至學習牠們的攻防特點，從而將靈霄派或提升或改進得更快、更準、更狠，還要更精更巧，『精』包括精煉和精純。既然可以對付飛禽走獸，對付人應更為綽綽有餘。這樣一來，既出於靈山又別於靈山，不免走了些樣。中玉重創棕熊的『踩虹撥雲』和『靈猿換斗』就是最好的快、準、狠、精、巧的典範。」奇叟解釋。

姚舜禹又請教：「靈霄派心法雖各自有所倚重，但同出一脈，為甚麼只有我在運功時會伴隨出現叛逆現象呢？」

奇叟解釋：「靈山派，在領悟心法的過程中，所謂『壓抑』是把擾人目眩的部分壓到最低，隨著功力的增進，逐步消除之。而霄山派，正是要利用它、改造它來創出攝魂大法，即所謂的『順導』。兩者都是在同一心法中派生出來的。師叔同樣發現有叛逆現象的出現。在靈霄派共同參研下，解決了這問題。師妹沒來得及把這心法傳給你，就先我們去了。現在我就把這心法傳授給你」。

蒙天賜插話道：「慚愧！我只替奶奶把那叛逆之氣鎖住，從而降低了攝魂大法的威力，現在讓我把它先釋放出來，然後才用靈霄心法徹底把它消除。很對不起，由於無知和無能冒犯了靈霄派和奶奶。天賜在此謝罪！」天賜扑通一聲趴下，一連叩了三個響頭。

奇叟和姚舜禹把他攙起，同聲說道：「不知者不罪！」

奇叟接著說：「能這樣做，非常了不起，用靈霄心法消除內心的叛逆，首先也是將它鎖住，然後才清除它，既然已鎖住便省事一大半，只要半個時辰就可以消除它了。」

姚舜禹也說：「何況是奶奶自願要你這樣做的，不罪，不罪！當天賜將雷師叔的功力轉輪給我的時候，難怪有曾似相識的感覺了。」

蒙爺爺幾十年的海上生涯，長期經受寒濕風邪的侵襲，染上漁民幾乎都有的職業通病——風濕病、哮喘和風濕心臟病。在奇叟兩個月的精心醫治下，蒙爺爺霍然痊癒。天賜從中學到了如何用內功循經絡綜合治療的基本功。

小念慈經師公草藥經月的泡浸後，不畏寒暑，不怕摔打。

在絕崖數旬，折柳惜別終於來臨，中玉、中瑛和三個小孩留下。念慈的留下是要接受奇叟的培育和教養。

臨行，作為送行，奇叟向天賜、舜禹、曉峰和中興毫無保留地演習一遍所有絕學。天賜的悟性最高，全都記住了，必然得益也是最大。天賜則反饋以近千年的功力給奇叟。

總之，絕崖之行，所有人都大有收獲，皆大歡喜。

翌年冬，劉中興夫婦帶同初生兒劉宗盛、多病求醫的母親以及劉忠爺爺，跟眾人同行，拜訪奇叟和中玉一家。中興的父親要不是前兩年因體弱多病去世，必然也會同行。

經過數十天熱鬧的歡聚和盡興以後，該到曲終人散了。這次，劉宗盛又被奇叟硬給留下來，說是越小越好調教。中興的母親——劉奶奶捨不得小孫兒，也留下幫中瑛一起照料孩子們的起居飲食，崖頂從此更加熱鬧。奇叟越老活得越開懷起勁。

自從劉爺爺和蒙爺爺相處了一段時日後，由於都是漁家出身的同輩人，有著共同的興趣和語言，十分投契。回桃園鎮以

後，中興和曉峰共同建議，把蒙爺爺的中船賣了，換條新大船，不足的款項由他倆包底兒。兩爺爺哪還有不高興的。大船新下水，可真大熱鬧了一番。經大伙合計後，替新船命名為「產增號」。是巧合？可真是天意！

從此，眾人每年至少有一次，相約到崖頂來個大聚會。

（十八）

巨無霸的前帆有中船的主帆那麼大；中船的主帆分做五格，而大船的主帆有七格，格與格之間的距離也比中船者大；大船的尾帆甚至比中船的前帆還稍大。所有漁船的帆，都和切碎後的薯莨塊根一齊煮過，從而染上黃棕色的薯莨液汁，可防海水和雨水的浸蝕。

話說回頭，二嫂「大解」掉失嬰兒以後，幾天追尋魚群不獲，真是禍不單行。雖然察覺到天氣驟變，一般出現馬尾雲，要三天左右或更長時間才會開始感到氣候變化。誰知這次不到兩時辰就出現魚鱗雲，之後跟著來的是高層雲、雨層雲……風雨未到，湧浪先至，一天光景黑色的豬仔雲接踵而至。事到如今，離岸甚遠，欲避無從，唯有做好一切措施，以防萬一。幫孩童們每人綁上幾個葫蘆；檢查和加固繩纜，降下所有帆幔，否則颱風一到，根本不可能把帆降下，而遭致覆舟；但仍要剩下半格主帆吃風予以御舵，要不然船隻像斷線的風箏，任由烈風巨浪魚肉就不堪設想了；把插板完全放入水中，因為當船被右邊來的風壓向左傾斜時，插板在水中像槳一般向右划，可讓船回復原狀，反之亦然，起著「不倒翁」的作用，從而減低翻船機會。但願此風來得急，也去得快。

一時天昏地暗，魚兒深潛，鳥兒絕跡，烈風夾著驟雨，白頭巨浪一個接一個、排山倒海壓過來。老爺子命令，在船尾放

下卅四十丈長的繩纜，拖曳一個長約丈餘的帆布袋漏斗，大口直經約三尺、小口直徑僅約一尺，讓船向儘可能保持與風海流呈同方向，以減少側翻的危險。一個漁工，在加固繫綁甲板上丈五長的小艇時，一個巨浪，把他捲入海中，頓時全無蹤影。

這個特級颱風，好像是在開「產增號」的玩笑，在海上兜圈遲遲不消，一直以東北烈風將它往西南遠送。就算僅以半格帆吃風，時速也可達百里左右，要不是老爺子經驗老到，能搶風頂浪，若稍有差池，萬一被一個橫浪打著，早就葬身大海了，幾天來日夜不眠不休地掌舵和指揮，與大伙一齊奮戰、共渡時艱。

好不容易捱到天空放晴，湧浪稍緩，海闊天空四面不見陸地，只見海洋水色湛藍近墨，打下測深鉛鉈，好傢伙，繩放千拓仍不見底，連老爺子都不知身在何處。夜晚觀星，北斗七星竟然在北方海平面與天邊接壤的線上，而獵戶星座卻在頭頂不遠處。哎喲，怎麼回家呀？就算滿帆順風，沒有一年半載也甭想見到家鄉。無論歸途如何遙遠，也得朝著回家的西北方向行駛。

乘著風尾，釣了廿幾條、每條過百斤重的金槍魚，解了斷炊的燃眉之急。其實柴火都被海浪醃鹹打濕，要炊也「炊」不起來了。經過這幾天，本來儲備不多的乾糧大多餵了孩子們，大人們在這性命攸關的時刻，忘了疲勞，不知饑餓，事情過了，睏了也餓了。事前封存的三罈淡水和一罈米酒，和著金槍魚魚

生倒也美味非凡。靠這些節食省喝，看來還是可以撐得十來廿天的，再往後的日子，只好靠天打卦了。

真是「屋漏又逢夜雨」，不幾天第二個強颱風又來光顧施虐了，這個颱風卻在胡亂兜圈，風向多變，好像在考驗老爺子的能耐。第三天，本來就是烏天黑地，加上是夜晚，更是伸手不見五指，老爺子靠著白頭巨浪閃爍的微弱粼光專心把舵，此外一切都看不見。風勢卻似乎有所減弱，忽然一個巨大怪浪打得老爺子措手不及，只聽得轟的一聲巨響，船身往右一側，不動了。老爺子心想，這下子完了，船觸礁了。船頭撞得粉碎，尤其右側更為嚴重。雖然風在不斷減弱，但每個浪打來，都不斷灌水。船身隨時都有解體的可能，必需儘快離船到安全地方。依一般常識推理，右邊觸礁，即右邊有礁石，可腳踏實地，相對而言，左邊可是未知之數。

於是老爺子指揮人們到船頭右側，由幾個壯漢沿繩游下探路，然後在兩個來襲海浪的間隙，用籮筐吊下孩童，跟著就是婦女等人依次安全沿繩下到礁石，在背風浪處暫避。各人僅是被礁石刮破手腳的皮外傷，無甚大礙。唯有老婆子因手腳稍慢，被第二個浪摔了一下，撞著船舷，頭部受傷昏了過去，另外還有幾處骨折，延至天亮失救去世。

天亮，潮水退了，可以說風也停了，這時才看清楚，整條船卡在礁石上，動彈不得，船頭固然是碎了，龍骨也斷成幾截，即是宣告「產增號」報銷了。原來船的左側卻是一灘平坦的灘

塗。當時船若偏左十來尺，大不了是擱淺，不至於粉身碎骨了。

精壯男人各拿著漁叉、棍棒、砍刀、斧頭等，背著金槍魚，護著婦孺上岸。在小山旁的椰樹林裡歇息，婦女們在樹的背風面削些較乾的樹皮，撿些枯枝，敲打燧石取火，好不容易生起了一堆篝火，烤起金槍魚當早餐。忽然有男人示警，似有異狀，從小山山麓茂林處，冒出十來個魁梧健壯的漢子，個個虎背熊腰，孔武有力，都赤裸著上身，下身只圍著蓆片，手中提著棍棒和弓箭，或匍匐，或躡足，慢慢圍了上來。這邊箭拔弩張、形勢緊張，另邊廂雙方幾個孩童手牽手從椰林深處跑出來，圍在篝火旁，由婦女們分食烤魚肉。其中有當地小孩拿著烤魚肉跑回武士們身旁遞給他們，老爺子見狀，命令大伙把武器扔下，招手請對方到篝火旁共進早餐。看來，招手和用手往嘴裡撥，是人都能懂的手語。

對方初時仍有疑慮，但看到自己的孩子們圍著篝火一起吃得甚歡，慢慢也放下武器，走了過來……就這樣，一起共進早餐，氣氛頓時緩和融洽，化干戈為玉帛。只見為首的對旁邊一人嘰咕了些甚麼，那人迅速往回跑。不一會，他領來一群赤裸上身的婦女和全身赤裸的孩子們，而且還帶來七八枝盛著清水的大竹筒，一土罐的椰子酒，和幾蓆袋的蕃薯、芋頭……雙方都聽不懂對方的語言，乾脆邊吃邊手腳比劃著力求溝通。

對方都集中注視在切削魚肉尺來長的解魚腰刀上，這種解手刀、漁叉和鐵鍬等等，都是漁船處理漁獲時用的尋常工具，

在船上每樣少說還有十來廿把。領頭的最後還是按捺不住，向老爺子示意，要親手試一試，一試之下，不禁低嘯一聲，表示驚嘆。接著男男女女都來一試，莫不欽羨一番。原來他們尚處在鑽木取火的石器時代，難怪如此驚奇了。老爺子見到頭領的眼神，立刻示意要送一把解手刀和一枝漁叉給他，作為見面禮。他拿著漁叉試著往椰樹幹一刺，整個盈尺長的雙尖鋼刺全沒入樹內，可見其膂力過人，非同小可。他拿著這兩件禮物不斷把玩愛不釋手，真是欣喜若狂。有個男人拿起大砍刀往碗口粗的小樹斜斜一劈，小樹應聲被齊口砍倒，又引來一陣驚嘆聲。婦女到底都是愛美，對衣物、銀器手飾如手鐲、項鍊、耳墜子、幼童用細鍊繫在腳上的鈴鐺，甚至插在髮髻上的木梳、骨梳都感興趣，不斷撫摸把玩。

　　飽食後，在頭領的邀請下，一行人造訪他們坐落在小山山腰上的村落。那裡有大大小小的自然洞穴，他們就是據穴而居的，住人的洞穴，至少有兩個穴口，宜通風和集陽光。穴口編有草蓆作帷幕，備擋風雨。穴內再人工開鑿稍高的偏洞，鋪上乾淨蓆草作臥室。

　　頭領幫「客人們」選了五個洞穴，稍作改動就可暫時安頓住人，往後可以再逐步改善。女人們留下，打掃清理洞穴，燒乾草煙燻，以驅蟲蟻，祛寒濕……男人們爬過小山，穿入茂密果林，這些都屬熱帶果林，有番石榴、芒果、菠蘿蜜、蓮霧、甘蔗、洋桃、各種類的香蕉等等，真是果產豐富，當然也有竹

林。出果林，上土石山，可能由於土薄只長青草和矮松。男人們爬上海拔約有三百多仞的山頂鳥瞰，全島盡收眼底。此島東西長約廿里，南北寬約五六里，島的南面陡峭，山石嶙峋，北面平坦中央部分呈「ㄩ」型約五里寬的海灣，「產增號」就在這灣內觸礁，礁石的另一面沙灘上躺著幾艘、把大樹挖至中空的獨木舟，與從「產增號」卸下來的那兩艘丈五長小艇比，真是不可同日語。

山北有一泉水如銀鍊般下垂，注入果林，林中有一水塘，集流下的泉水，溢出成小溪，林中蜿蜒，繞過小山然後入海。從山頂瞭望四周，極目西南海天接壤處，隱約似乎有一類似的小島。頭領用手比劃要到那裡，划他們的獨木舟，指著太陽示意，要升落很多很多次才行。

從一切跡象猜測，他們所處的小島，應屬地處遠洋東南的玻利尼西亞群島中某個散落的小孤島。

至於人種，看他們曬成古銅、棕中帶紅的膚色，男的魁偉軒昂，女的窈窕婀娜，性格熱情奔放，勇猛卻好客。人種應屬波利尼西亞，與夏威夷人同系。

「產增號」當時請了廿一個精壯漁工，其中有四個是半漁農青壯年，他們犁完田，插完秧，剩下的活留給家人，他們就上漁船打工掙錢，到秋收時才回去幫忙收割。這次脫險留落孤島可大派用場、一顯身手了。首先他們在米糧中挑出穀粒，竟

然有數百粒之多。在水塘旁開了一片小水田，試種水稻。由於土地肥沃，又地處赤道附近熱帶，一年可有幾造收成，加上勤工細作。三個來月稻子已吐穗灌漿。於是群策群力擴大再生產，就這樣解決了主糧問題。以同樣方法生產了黃、紅和黑豆。用碎魚小蝦、黃豆、海鹽、蔗糖，腌製出魚露醬油，連調味品都有了。

他們竟然在土石山上發現裸露的硫鐵礦，雖屬貧礦，總比沒有強。在整頓擴建窯洞時，又意外地發現薄煤層。

當地不僅盛產蓆草，也長有苧麻，可搓繩織網，將丈五小艇豎上小桅杆，架上風帆，可到近海捕魚；另外，苧麻還可織布，連穿的問題都解決了。

孤島雖小，資源可說是相當豐富。

中原當時的農民也好，漁民也罷，尤其是漁民，屬閉塞的生產方式，所以一般的鐵工和木工都拿得上手；農民也有較豐富的用山草藥治病的知識，加上當地他們的醫術，小病完全不成問題。

在過去的十年內，老爺子的四個女兒，三個與漁工結婚，老四嫁給當地青年，其他漁工也娶了當地姑娘。反正回不了鄉，就這樣，便在那裡落地生根繁衍。也形成土、中混雜的怪方言。不知有無流傳至今？或逐漸泯沒？

（十九）

　　自從奇叟的師父，打了十多年仗，偃旗息鼓以來，難得有過百年的和平生息。可惜烽煙又起，瘟神肆虐，人禍天災，滿目瘡痍，餓殍遍野，民不聊生，好景不再。一些人走投無路被迫拾操古老職業——「男盜女娼」。舉目皆窮困，怎會盜有物？無「飽暖」，何來「思淫慾」？日子一樣不好過。一些人離鄉別井，顛沛流離，甚至漂洋過海，從此埋骨異鄉。男的乾脆投身行伍，刀口舐血，起碼有口飯吃。於是乎兵賊不分，流弊更廣。

　　兵荒馬亂，育雛責任重大，奇叟和中玉、中瑛駕著三輛馬車，朝宿夜行，兜兜轉轉，護送劉宗盛兩婆孫、陳念慈連同任龍任鳳和一輛糧食，到桃園鎮去。路上雖然遇到些小麻煩，憑著三人的身手，總算平安抵達桃園鎮。一行人四戶人家全上了「產增號」，商量結果，一致同意揚帆出海，避離戰亂。

　　桃園鎮，自組護鎮團勇，以防災民和盜賊搶劫騷擾。但兵來卻不能違抗，掠奪更兇，一掃而空。面對這一切，空有一身本領，亦莫奈之何。

　　劉、蒙兩位爺爺，成為當然的、不分正副的船長和大工；家務總管則非劉奶奶莫屬；四個小孩，身負逗大人們開心的「重大責任」；其餘，奇叟、蒙天賜，以及陳曉峰、任中玉和劉中興三對夫婦，既是漁工，又是水手更是戰鬥員。八個武功深厚

高手，何止抵得上廿幾個漁工。當需要戰鬥時，奇叟成為眾望所歸的最高統帥。「產增號」的成員，可說是天下難於匹敵的組合。

在「產增號」要填飽肚子不難，只要儲夠淡水，又沒有颱風來襲，一兩個月不用靠岸是毫無問題的。

如果僅僅解決船上各人每天吃海鮮問題，根本就不必動用網具，只要派幾個「漁工」下海挑選，手到拿來就行了。船上都是俠義之人，都具悲天憫人之心。在海豚家族的幫忙尋找魚群和趕魚入網之下，每天只要下一次網，就可分派漁獲，救濟沿岸饑民。杯水車薪，雖然不能徹底解決問題，終究還是出了點綿力，幫了些人。

在大饑荒的年代裡，食物就是「寶」，往往因爭寶而失義，因懷寶而其罪。所以有時好人難做。「產增號」是交戰雙方水師的磨心，又要面對海盜的覬覦。

近海海盜，多採用「艇海戰術」，隱蔽在山旁或洞穴中，多在夜晚出擊。有目標出現，十數隻小艇從四面八方群起圍攻。那些小艇寬僅三尺餘，長可達兩丈，可坐十來人。十來支槳齊揮，當可稱之為快艇。多屬半漁農，居偏遠近海的貧困半山區，平時過著半饑寒的生活，被生活所迫，整村健壯鋌而走險，海盜生涯為其副業，偶爾為之。為了不讓衣褲因沾上海水而易破，男男女女皆赤身裸體，腰間僅繫細繩垂布條遮羞和便於跨刀。

若目標正停泊，丟以繩鈎掛其船舷，攀繩而上，身手矯捷。若目標正駛航，則以火箭射燒其帆，使其失逃逸動力而就範。若不遇抵抗，一般只越貨而不殺人。

遠岸海盜，船大而堅，裝備精良，武藝高強，獨來獨往，為專業強盜，專劫來往大船，當然小船有時也不輕易放過，幹其姦淫擄掠的勾當。若遇落單的艨艟或官舸，亦絕不手軟，膽敢一攖其鋒。一旦他們擄獲戰船艨艟為己用，就更加恃無忌憚了，因為當時只有艨艟才有發射大石蛋的火砲。

當時的海戰，不外乎是讓敵方失去動力，從而處於被動狀態，然後予以擊沉或燒燬。火攻，就是用強弩火箭互射，待接近後便飛身過船肉搏。擊沉，當然是用火炮射出的石蛋將敵方擊毀致沉沒。

近海海盜，趁「產增號」靠山汲水時，曾幾次來犯。對付他們就很簡單，乾脆降下各帆，讓他們上船，由姚舜禹施展攝魂大法，使他們暫時忘卻上船目的，然後命令他們回去。就這樣，兵不血刃便打發了。

「產增號」亦曾遇深海海盜。首次在深海，四處不見陸地，與賊船迎頭相遇，初不以為意故最為驚險。「產增號」雖幾次客氣有意讓出上風，來者不善，竟毫不避讓直衝過來，幸好蒙爺爺已向各人示警，且轉舵，使帆面以最小面積背對來船，呈犄角迅速避開了敵船船首伸出的包鐵長尖突。沒等對方發射火

箭,劉中興夫婦和任中瑛已發射旋鏢,將敵船各帆懸索全數切斷,嘩啦啦,各帆頓時墜下,敵船因而失去自主。儘管如此,仍有數賊手執武器飛越過船,眨眼間被「產增號」的戰士們殲滅投之入海。敵船有些人欲放火箭,全被旋鏢所創,火種反而掉落己帆,火勢頃刻迅速蔓延,一發不可收拾……應了玩火自焚之說,這時「產增號」已遠去。自此一役,遇有船隻,若是賊船必追而殲之,為民除害。否則,遠遠避之免招惹事端。

首次遇見水師艨艟戰船又如何?

「產增號」剛從山坳轉出,就被一艨艟攔截,不知道是何方水師。登船說要徵用「產增號」並想大肆搜掠,被姚舜禹施法制止,命令他們回船,艨艟的長官發現有異,小聲命令鑿斧手們下海穿鑿「產增號」船底。被天賜感應到其歹毒陰謀,向海中放射強電,另用遙空點穴,將下令者擊斃。奇叟下令切斷被鉤著的所有攀繩和對方的一切帆索,「產增號」轉舵迅速遠去。在另一島後面又竄出另方艨艟,視「產增號」為奸細,發炮轟擊。所幸當時的石蛋炮射程僅數百尺,艨艟船重,沒有「產增號」輕快靈活,沒有一顆石蛋可命中「產增號」。

有來無往非禮也,「產增號」的戰士們一致要求反擊予以警戒,奇叟於是派出年輕戰鬥員出征:任中玉駕斗篷從天上以雙刺飛旋鏢點穴傷敵;劉中興乘滑板結合中玉所傳授的引風斗篷,從水面滑翔,發射旋鏢切削所有繩索;蒙天賜則在水底開鑿艨艟船底。敵人們見水面和天空的絕技,驚為天人,嚇得目

瞪口呆，哪還記得抵抗，當回過神來，又要顧著因沉船而逃命……如此一來，交戰雙方的水師都懸賞通緝「產增號」。為免爭端和人命傷亡，「產增號」唯有離開國土，順著海流，往偏北方向的陌生海洋駛去。

兩個經驗老到的船長，總讓「產增號」保持離可到島嶼或陸地約兩三天的航程，一方面便於補充所需，另方面一旦預知有颱風來襲，有地方可趕往避風。停停駛駛，「產增號」上各人並沒閒著，向奇叟學習武功之餘，相互切磋絕學。就連不識武功的兩位爺爺和劉奶奶，也開始涉及其中，最易見效和實用的莫過於陳曉峰的「沾膚一百零八跌」，這種武術包含有摔跤之術不在話下，更勝空手入白刃等之妙，幾年下來，對付一般的幾個海盜可說是綽綽有餘了。姚舜禹的攝魂大法，每人都入了門，可以瞬間催眠任何一個海盜，使他聽從指揮。劉中興滑板的水上飄和金錢旋鏢，都傾囊相授予每人。

蒙天賜的水中絕技：包括閉氣龜息功、豚人速泳法、海豚語和腦電波相互感應等，按武功底子的深淺，從而決定可接受的程度，分別輸給相應的功力，使各人都得益良多，還用沙盤教大家讀書寫字。

奇叟授藝就不贅言了。如此一來，不論男女老幼皆入水能游，出水能跳，上天能翔，獸語鳥音，易容喬裝，出口成章。較大魚的每節脊椎骨，成為「產增號」獨有的雙刺飛旋暗器。天賜過目不忘，悟性又高，集各人之所長於一身。所以，論武

學，天賜應已超越所有人。陳曉峰對成年男士傳授和講解遠古黃帝《素女經》，以增夫妻閨房之樂，宏揚養生之道，堅守「固而不洩」等，卻也起了避孕效果……

每到一個新的海域，眾人都下水探勝練功，撈取海鮮，還造訪該處的海豚族，言語雖有些差異，卻可相通，由於語言簡單，很快便能掌握，和牠們交上朋友。天賜還特地教大家拍打鯊魚們的鰓幫和眼睛，使牠們一嗅到天賜他們的氣味，迅速退避三舍遠離，這樣一來，再下海活動時就不用分心去防範牠們了。

在一個掛著小瀑布的山邊下錨，划出兩隻小艇去汲水，「產增號」留下眾小孩外，只留下三個大人——劉奶奶和兩位爺爺。突然，從山背後冒出十幾艘打著一面「毒の鯊」麾號的比蝦艇稍大的小船。船分兩批，一批四艘截往繩繫岸邊的兩汲水小艇，其餘圍向「產增號」。每條船都有七八個身手敏捷的人，黑布包頭蒙面，全身黑色緊身衣打扮，都清一色手執狹長說刀非刀、似劍非劍的武器，腰際還披著把短劍，七八支槳齊飛。眨那間，海盜從四面八方登上了「產增號」，第一時間把掌舵的蒙爺爺和甲板上的劉中興挾持住，一顆星形飛鏢削斷了主帆索，大帆頓時嘩啦啦墜降下來，飛鏢餘勢未了，直插入大桅桿中。海盜們吱吱呱呱說著聽不懂的語言。

話說兩頭，四艘斜斜切過來，欲截斷汲水小艇歸路，不使接應「產增號」。當來犯船隻進入天賜感應警戒範圍，天賜一

聲：「不妙，有情況！」他隨手摘了幾條粗樹枝向回程海中扔出，飛身上了其中一枝，以「海燕掠濤」式飛快滑翔。奇叟也反應奇快，立即下令部署：「天賜和我先行，玉瑛和舜禹搖艇回船，其餘隨後跟上回去。」話音未落，兩人已飛身十幾丈之外了。安排舜禹和玉瑛搖櫓殿後，是以防萬一敵方有後援埋伏。離「產增號」卅四十丈遠根本難不到他們，奇叟本是夠快的，與天賜同時出動時，得天賜加上一掌相送，更快如閃電般飛去，天賜並排緊貼，蹈水飛揚。

四艘來船紛紛發射星型飛鏢攔截，被奇叟以掌風掃落，而招呼天賜的來鏢，全部被天賜一一接住回敬，這一切都是在電光火石間完成，絲毫未能減慢兩人的去勢。相反，兩人憑藉掌風和回鏢全殲來犯之敵，他們把四艘船分先後往後蹬，讓後援可藉此借力，更快趕上。先行的兩人到達「產增號」船邊，以千斤墜身法把來犯船艇悉數踏沉蹴翻。更借力飛身上了「產增號」。又是一輪飛鏢襲來，發鏢後以怪異身法一閃，不知去向。

儘管如此，這對奇叟和天賜而言，完全不起作用。奇叟一邊遙空點穴，把兩個挾持者定了身子，使之不能傷害蒙爺爺和劉宗盛，一邊以掌風將來鏢掃回，追擊發鏢者；天賜接獲來鏢向發鏢者飛閃方向回敬。於是，黑衣人簡直就是自己在撞向飛鏢自殺。蒙面匪猶見情況不妙，向部下叫停，以免製造機會給對方殺害自已。這時，中玉等人陸續趕到，劉中興夫婦見兒子被挾持，欲救又投鼠忌器，心急如焚。不久，兩小艇亦回來，泊於「產增號」舵旁隱蔽處。舜禹和中瑛以「雨燕回巢」式輕

輕登上船尾艙頂，居高臨下，一目了然。中瑛一式「西子澣紗」用彩綾捲向宗盛和黑衣人，一投一收間，聽得幾聲「喇」響，黑衣人肋骨盡碎，屍體被拋入大海；與此同時，宗盛已被安然抱在懷中。舜禹同時急忙拾起繩索，一式「蒼龍擺尾」，繞著要脅蒙爺爺黑衣人的頸項，在「龍尾」迅速回擺時，隨著頸骨斷裂的卡達聲，被拋越船舷，投入海中向北海龍王報到。這一切，都在匪酋稍後發話時發生。

發話的匪酋，乾脆掀去面巾，揭掉頭巾，露出垂肩斑白的長髮，唇上人中蓄著一撮鬍子，約五六十歲的精煉的老頭，目光炯炯閃著傲慢的攝人凶光，竟然操著魯語說：「從船載不重，非漁非商，而各個武功倒還過得去，若沒猜錯，必是來自中原的同行高手。不如加入我們，編個分隊、給個頭目你們當當，共謀富貴，怎麼樣？」這話是衝著奇叟說的。

「道不合，不共與謀……」奇叟尚未說完就被搶白說：「不要不識好歹，敬酒不喝，喝罰酒。中原有句話說得好，『一山不藏二虎』那只好在武學上見真章了。我早就想秤秤中原武學到底有多少斤兩？現在機會來了。不過好男不與女鬥，又不能以大壓小，更不想以壯欺老。這樣吧，」匪酋環視各人後，傲慢地單挑陳曉峰說，「就你吧，看來你和我年紀差不多，該也是五六十吧，就讓你出來見識見識我們東贏武學的厲害。」匪酋說著棄刀而不用，從背後抽出兩把純鋼寬刃鐮刀。在甲板這環境，認為短兵器更便於施展，而且還是中原罕見的武器，對方從而要煞費心思去應付，於是未戰已佔先機。

「你該是他們的頭了，有說只有起錯名，絕無安錯綽號的，你就是殺人無數、比鯊魚還狠毒的毒甚麼鯊吧？」曉峰步出面對匪酋說。

「一點都不假，多得江湖上的朋友們看得起贈慶的。哈哈哈哈！屁話少放，亮武器吧！」匪酋恬不知恥、受之無愧地說。

「不用操心，出招吧，需要時，制敵武器自會出現。」曉峰說。

只見匪酋突然在原處消失，又在意想不到的地方出現，他以此怪異方式快速圍繞曉峰不斷變換身處，以期佔得有利時空偷襲曉峰。豈料，以快制快，曉峰踏著神異的「醉漢凌雲步」，如影隨形，甚至在他將出現的地方等著。匪酋這一招不能得逞，氣焰矮了一截，於是輪起鐮刀，頓時現出朵朵盈尺的「鐮花」，掀起陰風，閃著寒光，不辨虛實，快速圍繞曉峰罩來，向曉峰上、中、下三路進攻。人影頓時隱沒在「鐮花」之中，黑衣人們都看得目瞪口呆。

好個陳曉峰，在七八個照面後，一招「巨蟒吐信」雙手向「鐮花」蕊芯抓去。一時鐮刀花簇盡失，只見匪酋雙手各抓住的鐮刀軟軟下垂，原來雙腕被曉峰抓脫了臼。說時遲那時快，匪酋孤注一擲反擊，雙腳起飛，向曉峰下陰拼力兜去。曉峰側身順勢借力，以「沾膚一百零八跌」中的「醉漢抖袍」式，把匪酋輪了一個大迴環，仰身摔在甲板上，雙肩和雙膝都抖脫了

臼。曉峰膝蓋頂在仰臥著匪酋的膻中穴，飛脫的兩把鐮刀，在空中翻滾後，分別插落呈交差狀架著匪酋頸項。

聽得曉峰幽默地說：「我說過嘛，在需要的時候，制敵武器自會出現，沒失信吧！」與此同時，連在旁觀戰的一些黑衣人也不禁讚嘆鼓掌。匪酋的面部和眼神，流露出疑惑、怨憤、恐懼、悲愴、痛苦等等的複雜表情。曉峰放開匪酋後又開腔了：「命令你的人，清理船上所有屍體，集中到一邊去。」他們當然只有照辦。當匪徒們集中後，姚舜禹施法廢掉他們所有武功並且成為半癡呆，免得以後再為非作歹。通過接回肩、腕、膝等脫臼的癡呆匪酋，命令所有黑衣人脫下黑衣褲、頭面巾，留下所有武器後撤離「產增號」。這些布料，經薯莨液染後，以備將來補褾破損風帆之用。就這樣，搗毀從而瓦解了一個令人聞風喪膽的海上大匪幫。該海域，於是享有一段較長時間的平安。

（二十）

在不同的人類經濟社會階段，必然產生不同的社會觀念和反應。春秋時，魯國有因田邊「野合」而生仲尼；秦，嫪毐若無跋扈篡權野心，必可續享榮華至終老；漢末，貂蟬周旋於王、董、呂之間；唐，武則天也有三千後宮；唐玄宗與安祿山公開交流「新剝雞頭肉」之議；……至於給婦女創立精神枷鎖的貞節牌坊之舉，已是明末清初的事了。有的民族，還長時期存在一妻多夫，仍可諧睦共處；有的地方的漁民，扒灰成功，竟然公開宴請親朋誌慶……

有適當的體能活動，有豐富的營養食品，有新鮮的空氣，有長時間的日照，有奇叟授予之內功心法的調息，有天賜的功力輸給，少的都活潑健康，快速成長，老的都病祛神清，新牙重長，白髮轉黑，一掃龍鍾之態，真的返老還童，延年益壽。蒙天賜不覺已有十六歲，有成年人的體型；任龍任鳳也將十歲，長得像平常十四五歲的孩子般高大，有當年父母屠熊除豹的英姿；陳念慈八歲多，聰穎好學，每事問；劉宗盛最小，不足五歲，精力過剩，喜歡在桅桿以各種姿勢爬上躥下；劉中興四十出頭，張幗英比他小九歲；任中玉卅三歲，中瑛比他小六歲；八秩老人有陳曉峰夫婦，看來如五、六十歲；另一位已越古稀的老人是劉爺爺，甚為硬朗；將進入古稀的有蒙爺爺，劉奶奶六十差點兒。

日久生情，劉奶奶與劉、蒙兩爺爺喜結連理。再一次體現「產增號」大家庭的親密無間。

「產增號」繼續順岸勢，緩緩向偏東北方向漫無目標地航行，倒也經歷了不少新鮮事物。當時正值夏末秋初時分，氣候卻已讓人感到涼意。

入秋以後，白天一天比一天短，氣溫一天比一天低，遙望岸邊闊葉林紛紛變黃、變紅，微風吹拂，落葉飄搖如群蝶亂舞。看來逐漸將穿過阿留申群島島鍊，進入白令海海域。大地變得那麼蕭索冷漠和死寂，只有不時出現大白熊和雪狐在徘徊覓食的點綴，才醒悟這大地還有點生機的氣息。凜冽的偏西風，夾著雪花和冰粒施虐，不時飄來從岸邊剝離的大小冰山。「產增號」特意在這種環境慢航，藉此鍛練和考驗各人在嚴寒環境的適應能力。除了小孩穿夾衣外，大人們都像往常一樣僅穿夏日蔽體單衣。

遙望白皚皚的雪原冰岸，有幾個毛茸茸直立蠕動的動物，駛近一看，原來是全身裹著獸皮的人們，兩人一組，用木製標槍駕著獸皮做成的小艇，在薄冰間隙追捕偶爾浮出海面換氣的海豹。獵獲物被拖上岸開膛，功臣優先生吃肝臟和飲血，然後才輪到在場各人嚐新。將獵物大卸幾塊，拖曳回村瓜分。肉、脂供食用，皮製衣、帽、鞋襪等衣物，骨作工具等等，物盡其用，絕無浪費。

劉爺爺和蒙爺爺建議，也去捕獵幾隻備用。原來木船每過一些時日，最好是十來廿天就駛上淺灘，用木樁頂架，等退潮，露出整個船底，用劃子清除附著的能腐蝕船底的貝殼——籐壺，接著燒茅草蘆葦之類的乾草烘烤船底，再塗抹桐油，若發現船板之間開始出現縫隙，要用桐油、生石灰混合成泥與麻絮一齊扦抹縫隙。這些保養是必不可少的，既保護船身又可保障船速。麻絮來源易得，只要把廢繩索打散、揉鬆便成。桐油就得上岸購買，在「產增號」目前的環境，就算有錢也沒處買，所以建議用海豹油或可代替，再說煤油用盡，有海豹油供食用之餘還可供點燈照明用。

「產增號」的漁工們寓鍛練於捕獵，棄岸上人們那近似「守株待兔」的方法而不用，乾脆下海追獵。他們專挑雄性獵殺，以免誤殺懷孕母海豹，何況雄的個體碩大，獵獲三數隻已敷數月應用。

「產增號」順岸勢不記時日地緩航，不覺逐漸轉向偏南行，沿岸的景象也由雪白逐漸被草綠所取代，這意味著到達大洋的彼岸。

（二十一）

在原馳蠟象、冰封萬里的岸邊緩航了好一段時日，也該進行船身的保養了。但沿岸陡峭，島勢巉危，難能找到適當灘塗，陡崖岸邊水必深，可以靠近崖邊航行。

一天晌午過後，皇天不負有心人，在轉折處終於發現一寬廿來丈、由小溪沖積成的淺灘，若遠離岸邊航行，可能不易發現給錯過了。駛上淺灘既可汲水又可進行船身保養，太好了。

大家分工合作，先拾柴草，後保養和汲水。

而奇叟和曉峰兩人，沿著小溪往上游踩探，看看有些甚麼實用的東西可補充「產增號」的食和用的庫存？他倆沿著蜿蜒的小溪往上游漫步，走了約里把遠，到了緩坡盡頭的隱蔽處，那裡是一片灌木林，背後三面都是卅來丈高的懸崖，中間掛下一鍊瀑布，在崖底沖出一潭清澈池水，供應著小溪流出大海的潺潺流水。原來這淺灘應該是由於懸崖塌方所造成的。在回程中，他們撿了兩大捆柴火，順手摘了一布兜的野山莓。回到船上，最受歡迎的就是那甜中帶點酸味的野山莓，不一回兒就給小孩兒們左一把、右一抓地往嘴裡塞，眨眼間已一掃光，嚐猶未盡，嚷著明早也要跟著上岸去採摘。原來長期以海鮮為食的人們，特別喜歡和需要吃些甜品來調劑一下胃口的。

　　翌日天剛亮，以奇叟為首，由陳曉峰、任中玉、劉中興和蒙天賜等組成五人組，登岸打算深入踩探，主要尋找可榨取桐油的桐樹。因為用海豹油代替桐油，潤滑船身故然不成問題，但對腐蝕性的附著物——藤壺的迅速生長卻提供了較優越條件，從而需要更頻繁地去保養船身，一有合適灘塗必駛上去，對船身進行勤加保養，雖然有的是時間和人力，總不是那麼理想。

　　來到小瀑布下，三面的卅來丈高的懸崖是難不倒他們的，登上崖頂，一片闊野草原展示眼前，源自北面遠處矇矇雪頂群山，一條清澈冰冷齊腰深的小河，慢慢向東南遠方流去，一小分支拐向偏西方向，在五人組來路上的斷崖處垂下一鍊瀑布。五人順著小河往東南走去。

　　在這地勢高聳而近乎平坦之草地，只有生命力特別頑強，才能頂得住強風和苦寒的蹂躪，所以一望無際，只有零星的矮樹，間或屹立著。一些靠吃昆蟲為生的嚙齒動物，遠遠一見到人影就紛紛鑽回地底不見了。一種連奇叟也沒見過的蛇，晌午天暖時出現在石邊盤著蛇餅，豎搖著幾節骨質尾巴，發出嘎啦嘎啦的響聲，昂首吐舌，在示威？在示警？奇叟指出，這種尾巴會響的蛇，具有三角外形的蛇頭，必屬毒蛇一族，避之則吉。地上有蛇鼠一族盤桓，藍空有盤旋蒼鷹點綴，就是不見有炊煙人影，更找不到桐樹的影子。舉目浩瀚而漠然，卻沒有給人淒涼的感覺。

　　走了約莫一兩個時辰，五人組在小河邊的小樹下小憩，誰說水清無魚？見底的小河，就有不知名的小魚在來回游弋覓食。忽然大家感到土地在顫動，天賜耳尖，聽出在地動的隆隆聲中夾雜著特大牛群驚慌的吽聲，從遠處狂奔而來。按這種盲目狂奔，制止不住，必有大批牛隻摔死在斷崖之下。事不宜遲，奇叟迅速指揮大夥，吩咐各人趕快分散迎頭趕去，分別騎上領頭的牛隻，一邊用牛語安撫牛群，一邊用掌風駕馭牛群往右拐兜圈，使之首尾相接，必能讓牠們漸漸停不來。話音剛落，人已在幾十丈外了……飛馳了卅來里路，只見數以萬計、每隻都有八九百斤以上重量、短角雄偉的牛隻，目帶恐懼，低著頭狂奔，所經之處無堅不摧，折斷和撞倒所有樹木，前推後擁，沙塵滾滾，真是欲罷不能。眾人按奇叟指示照辦，好不容易兜了大圈，使之首尾相接且繼續兜圈，果然見效，牠們逐漸停了下來。

　　原來尾隨有一大群惡狼，和十來隻沒有斑紋而呈淡黃色的像中原老虎的美洲獅，牠們都被天賜所施的雷電，趕得亡命鼠竄。儘管如此，仍有數十隻收腳不住的奔牛，被擠落斷崖摔死，還壓斷不少灌木。這一過程，也算是自然界汰弱留強的自然規律，一路上老弱病殘的牛屍體，為兇禽猛獸爭食，連骨頭都不剩下，從而養活了不少物種。噩夢剛過，牛群忘了不久前的恐懼，安詳地朝著同一個方向啃食青草，在河邊低頭喝水。好像從未沒發生過任何事似的，前後形成強烈對比。

　　五人組為方便後人，在近岸邊慣常應有蛇類出沒之散落石頭的背風面，把帶在身上的十來顆桐樹子種下，無意中起著「曾在此一遊」的見證。為防嚙齒動物挖食種子，特地挖掘蛇洞，殺幾條尾巴會響的蛇，取其毒液和血來泡浸種子，予以添加營養，也使鼠輩嗅到為之喪膽遠遁，保證種子能順利發芽成長。事畢，他們打道回船，在崖底挑選了既肥又嫩的牛隻，每人扛一隻，作為智勇奮救牛群的報酬。婦稚們在感應到牛奔的危險時，早已迅速返回船上，等待勇士們凱旋歸來。

　　他們繼續沿著海岸線緩航，沿岸的高原逐漸由丘陵地所替代。

　　五人組又登岸探勝。他們越過幾個小山頭，向內陸挺進，當又登上一個山頂，眼前出現一個方圓約十里、長滿肥美青草的小盆地，左邊山腳下，有佔盆地面積約五分之一的小湖，整個盆地真屬水草肥美之地。在那裡有短角野牛和其它草食動物，散布在盆地各處，分成小堆，在悠閒地吃草。

　　下得山來，左邊百來尺就是倚在山腳灌木邊的湖沼。往右一看，林木中豎有幾個由獸皮搭建成錐形的帳篷，帳前站立七、八個赤身而魁梧的大漢，下身只圍著僅足遮羞的獸皮，把圖騰以黑、白、紅等顏色畫在身上和臉上，顯得分外猙獰，手執一端箍綁著尖石塊的木棒作為標槍，原來他們還處在石器時代。氣氛充滿敵意，有一觸即發之勢。天賜向各人示警，樹叢後面亦有動靜，有東西在逐漸靠近。

　　忽然，湖那邊傳來一陣騷亂尖叫的童聲，接著十幾支標槍，越頭而過，飛向湖邊，可見其勁力驚人。天賜和中興比標槍更快，叫聲起處便知有異，擰身一個箭步已雙雙投入水中，剎那間，中興已從水中抱出一個六、七歲大的男童。跟著，一條丈來長的長吻鱷魚，以拋物線的弧形飛出湖面，七孔流血，僵臥在湖邊灘頭。小孩連水都沒來得及嗆上一口就被救了上來，僅在腿上一點皮外傷，在奇叟的點穴止血下，更無大礙。而鱷魚被天賜用重手法，震得五腑六臟俱碎，牠還沒來得及有所動作就已當場斃命，被拋出湖面。

　　原來，當大人們緊張對峙時，一群在湖邊戲水的兒童，一時忘卻警惕來自湖中的危險，被長吻鱷有機可乘。

　　當尖叫聲倏起，從各皮帳鑽出一群婦女，奔出來時小孩已被救起，其中一個應該是小孩的母親，抱著超生的孩子，又哭、又笑、又向五人組匍匐跪拜，口中似誦似唱，發出呀呀之聲，皮鼓也跟著響起，眾人在頭上插有鷹翎的首領帶同下，隨著擊出祭祀和歡慶的鼓聲節奏，齊聲呀呀和唱，把五人當天神跪拜。奇叟急忙把帶頭人攙扶起來。

　　在資訊不發達時代，最為普遍採用的是鼓聲傳訊。它那低沉的響聲可傳得老遠，在接力傳遞下，信息很快就可以送至幾百里外。鼓點的花巧和節奏的變化，媲美人類語言的表達，顯然外人是聽不懂的。為了保密，過段時日，花巧和節奏便作更改，但內裡表達的情緒，卻是萬變不離其宗，外人雖聽不懂卻

可以感受得到個中情緒。例如，歡慶、出征、祭祀、喪禮、求救、邀請……

這水草豐盛的小盆地，是狩獵者眼中的寶地，是其他狩獵者覬覦伺機爭奪的地方。最好的時機是在舉行慶典的時刻，警戒偶有鬆懈的時候。入侵者抓住這難逢時機，突破易守難攻的隘口。當示警訊號傳來，數百個入侵者已進入腹地。

入侵者雖然具有同樣赤中帶褐的膚色，但是從塗繪在身上的圖騰來看，明顯屬於不同部族。雙方對峙，守衛者整個家族男女，加起來不到卅人，同仇敵愾面對幾百入侵者，雖然毫無懼色，顯示出保衛家園、寧死不屈的強悍本色和決心。畢竟數量懸殊，屬滅族之戰，形勢嚴峻！此事，多少因五人組到此有關，所以不能置之不理，於是飛將軍一擰身，輕身落在對陣中間，顯示出非凡的輕功。飛將軍從天而降，一下子把對方給鎮住了。天賜以快速身法摘取了對方首領頭上的鷹翎，奇叟施展攝魂功，由於人數眾多而分散，僅是首領及其周圍一些人中攝，掉頭班師。

看來這次天賜拔錯鷹翎了，在後面沒中攝的看不到插有鷹翎首領的指揮，群蛇無頭，向前擠，而且不斷擲射箭石尖的標鎗，當然全部都被五人掃落。總之，是亂了套。五人不斷以隔空點穴法將最強暴的定住，人多勢亂情急，天賜只得向天發施雷電功，一時雷聲大作，雙方紛紛震到在地。這時，援軍也迅

速趕到，入侵者見大勢已去，相互攙扶，抬著來路時掠獲的獵物，狼狽鼠竄。五人也趁亂抽身回船。

（二十二）

「產增號」仍然沿海岸線往南航行，從陸地吹過來的風，也隨著由暖變得有點溫熱，岸邊的景觀不再單調，而變化萬千，平原、山巒、綠樹、黃沙……

又一次停靠淺灘，這是原始熱帶雨林的岸邊。五人組又出發了，既然是森林，要深入前行，必然不會是一兩天內可以走到盡頭。自從在岸上遇過有人類後，五人組離船出發，為安全計，必叮囑「產增號」離岸游弋，待五人發出返船訊號，才靠岸接應。

深廣蔽日的森林當然難不倒野外求生技能豐富的奇叟。林中樹幹上，不時出現猛獸的爪痕；泥濘的濕土，留有蛇蟒游走的躪蹤；蚊蚋、毒蛛、昆蟲等經常撲面……猛獸低吼、兇禽嘎鳴、猿猴哀啼、蟲聲斷續，合奏起黑森林令膽小者深感陰森顫慄的樂章。奇叟叮嚀各人，警惕可能來自周圍突襲的危險；以輕功遊掠，免陷入不可自拔的流沙；以罡氣護身，免受瘴氣入邪。

林中有一種樹初長出來的嫩葉，微甜帶酸，是靈長類喜愛的食糧之一，五人亦以此和野果充饑。武功高深的人，必要時可以不用睡眠，五人只要選到適合打坐的樹冠，輪流護法，打坐一個或半個時辰，恢復疲勞已足夠。

　　五六天光景，他們終於走出了這熱帶雨林。呈現在眼前的是經長期開墾具有合理灌溉系統的農田，種植著玉米、薯類、花生、瓜菜等。自從向南航行以來，他們在陸上所遇到的人類，都是未開化、靠遊獵為生的。目前所見，可以看出無疑是具有頗高文化水平的人類的佳作。

　　甫出森林，就被十來個看來是士兵的人，用長槍包圍喝停！每個都不到 150cm 的高度，其中看來是個小頭目，算是最高的了，也高不過 160cm，只達到蒙天賜的肩膀那麼高而已。他們雖短小卻很精悍，由於鼻子的山根淺，上額不凸，從側面看，鼻樑與前額幾乎成一斜線。他們操著聽不懂的話語，語氣雖嚴厲，卻感受到沒有太大的敵意，奇叟以腦電波感應術和他們溝通，讓對方接受五人組是毫無敵意的普通人。

　　經過一段交涉，看來小頭目作不了主，令士兵們垂下槍尖，一擺手勢請五人隨行，士兵們隨後「護送」。繞過山崗背後，呈現另一景象，看來只有幾排民房和幾家小商店，市面祥和而熱鬧，是屬邊境的一個小鎮。來到一個鄉衙之類的建築，上座的該是軍事首領兼地方官員。五人向前抱拳敬禮，對方以他們的方式還禮，有言禮多人不怪，五人學樣再敬禮，學得不像，動作滑稽，倒引起哄堂大笑，這樣一來，氣氛頓時緩和了下來。

　　小頭目稟報說：「這五個從黑森林鑽出來的人，不知來自何方，身體高大魁梧，奇裝異服，雖然操著我們聽不懂的語言，但語調平和，不像是奸佞之徒。能平安無損地穿越黑森林而且

衣物一塵不染，必定是武藝高超之輩，目前敵人經常犯境，我們正在用人之際，能否設法留住他們，為我們所用？」

長官和身旁的參謀等人，小聲商議之後說：「如你所說倒是值得考慮，但人不可貌相，不能憑一時的感覺來判斷人，還是謹慎點好。剛好過幾天國師巡視邊境來到這裡，這事就請他來定奪吧。現在送他們到驛站住下，派多些人好好『伺候』他們。」話畢，一擺手，笑臉恭請五人聽隨小頭目安置。

驛站的住處還算整潔寬敞，服務也頗周到。安頓後，五人皆認為對方沒完全放下疑慮，但屬於善意的軟禁。奇叟建議，離船日久，為免船上人們牽掛以及使對方更為放心，釋消疑慮，提議回船把女眷帶來。大家一致認為是好主意。

經過一番心靈感應、手勢、表情等的交流，對方終於明白了提意，當然求之不得，同意了。而且派出車隊和士兵隨劉中興一人前往，士兵乘的是輕便的二輪車，另一輛是較大的準備接女眷乘坐的雙轅四輪車，都是由士兵駕御，駕轅的並不是馬匹，而是類似於沒駝峰的中原小駱駝，卻沒有像駱駝般的寬大肉蹄，牠比駱駝靈巧，總之，絕不是駱駝！故且叫牠為駝馬吧。車隊走軍隊專用的捷徑密道，只用了兩天就到了岸邊，迎接了姚舜禹、任中瑛和張幗英三人，毫不停留，立即打道班師。

女眷到達的第二天，國師共二女七男一行九人，也抵達巡視。從服飾和長幼可斷定，國師之外，屬下文武官員共四人，

國師女兒一人，侍奉日常起居和雜務男侍者兩人，女侍者一人。國師身高違 164CM 左右，在國內已算是高個兒了。

國師設在軍校場接見八人，先讓八人檢閱士兵們操練和實戰對拆，然後請八人組派出一人與教官切磋。考慮到，派天賜顯得太年輕，奇叟親自出馬又顯得年紀太大，都帶有輕視對方之嫌，於是派劉中興最為恰當。

與軍官切磋幾十回合後，中興跳出圈外，抱拳致謝並表示對該教官的欽佩。明眼人都看出，中興未盡全力。國師也看出端倪，手下諸人都不是八人的對手。索性脫下外袍，親自下場以感應術邀請八人組派人賜教，藉此試探對方是否亦諳此術？此方派陳曉峰應戰，曉峰亦以感應術回應，請點到即止，手下留情，多多指教。既然奉為國師，必然不是省油的燈，不敢輕敵小覷，遂踏起醉漢凌雲步，施展「沾衣一百零八跌」應戰，經歷百幾十個回合，雙方連對方的衣服都接觸不到，這是武打罕見的情況，這種局面再打下去只是徒費時間，曉峰於是虛晃一招，接著跳出圈外，抱拳致謝。這下子，挑起天賜未泯的童心，徵得奇叟的許可下場向國師討教。

幾招之後，天賜發現國師的武術屬於非凡輕功，可借風趨避之術，首先立於不敗之地，再借力襲擊對方來取勝。所謂之「風」，包括拳、腳、身體各部以及任何武器襲擊時所引發「先至之風」，風的大小與襲擊勁道成正比，國師對感應此風已達爐火純青的地步，就算是極輕微的「風」，亦可借以飄逸，加

上練就上乘的軟骨功，簡直是如虎添翼，幾乎沒有任何襲擊是不能趨避的。

例如，後人所謂的「童子拜觀音」這一招，即下蹲以雙掌合擊，起單腳飛踢，同時進行，他竟可以在雙掌之間被擠，向上或向下滑溜，當腳風到來便向上飄起，且來個後空翻，以腳後跟蹴踢敵人後腦和背脊樑，若對方來個前空翻，連消帶打，回踢其背部，他又可借風力繼續空翻追襲敵人……循環下去，勢必越轉越快，當敵人轉速到達極限、不能再快時，必挨重創！

蒙天賜和國師，正是進入類似的不斷加速旋轉的境地，外人看來，只見一團快速旋轉的球影，已分辨不出人形，甭說分出誰是誰了。天賜具有快速身影法的武功，根本超越人類極限的境界，國師要不是具有深厚的內功，早已被超強的離心力脫水，進而被撕成齏粉。國師處在被動地旋轉的狀態，即喪失了互動地位，換言之，是喪失格鬥能力。雖然，這是出師以來從未遇到過的情況，但是不能就此認輸。一方面是面子攸關，二來認為天賜也處在同樣境地，大不了同歸於盡。

天賜感應到國師的恐懼和無奈，於是讓旋轉稍微慢下來。為了要「偷」學他的武功，執鎖住他其中一隻手，不使他借力飄走，再攻擊之，國師恢復戰鬥力，仍以借風軟骨功對拆，這下正中天賜下懷，通過被執鎖的手，找出運功的樞紐和機制，於是也學會了。鬆開執手鎖，以剛學來的武功現買現賣試新，果然使得。為了不讓國師知道武功已被偷學，兩三招後，天賜

立即跳出圈外，單腿跪謝，表示佩服。由於轉速仍然很快，手被執鎖之尷尬不為外人知，加上天賜單腿跪謝，給足了國師面子。為此，國師由衷地佩服和喜愛眼前的仁厚少年。

天賜由領悟倉鴉擒鼠，進而自創出「傾攝拳風功法」。即，當對敵襲擊時，可收攝或偏移所引發「先至之風」。當發現國師能藉風避趨，本可以使出此功法，令國師無風可借，或錯借來風，以迅速取勝。「產增號」航行期間，相互切磋武功時，船上各人在天賜無私傳授下，均諳此術。曉峰與國師過招時，就立意要來個和局，沒有使出此術，而利用醉漢凌雲步的神奇飄忽，不作主動進攻，使國師無風可借，以致雙方都接觸不到對方，和氣收場。

一女將——國師的女兒，看得技癢，跳入操場，向來客的女眷挑戰，另方派任中瑛出迎。只見女將解下纏在腰間、極像中原的柳葉柔鋼雙刀，可見他們的冶金技術已達到相當高的水平。中瑛也從腰間解下丈長綵綾，氣定神閒地請對方出招。女將初時一愕，領會中瑛以綵綾當武器時也就不再客氣地掄起雙刀，想速戰速決，向中瑛進攻，團團銀光向中瑛罩去。中瑛舞起綵綾，有時踏著醉漢凌雲步，時而採用神速身影法，交叉使用應戰。只見彩蝶繞著銀光群舞，不見二女人影，且掀起校場沙塵橫飛，數丈之內，寒風刺骨逼人。

刀刃砍在綵綾上，有時滑如流水，力瀉無著，長此下去必脫力無疑；有時如砍在岩壁上，震得虎口欲裂。女將越戰越心

寒……百來回合後，中瑛感應到女將駭然，再無心戀戰，於是來一招「龍鳳爭艷」，綵綾一端的「龍蟠」捲困雙刀，另端的「鳳回眸」向女將泰山壓頂，下盤中瑛配合以老樹盤根進襲，女將唯有棄刀自保一途，不禁發出駭然的嬌嗔，中瑛感應到女將的反應，一齊發出嗔聲。外人只聽到齊聲的嬌嗔，刀光彩蝶突然消失，而綵綾和雙刀齊齊飛了上天。到底是雙刀挑走了綵綾，還是綵綾捲飛了雙刀，只有她倆才知道了。當刀、綾同一時間換落到另個主人手中，場外響起陣陣歡呼和掌聲。

男客們經過幾天的相處，有心靈感應之助，可以掌握一些普通對話，而天賜幾乎已能直接對話，減少許多溝通上的隔閡。真是不打不相識，經過比武，彼此間倒親密了起來。女人們愛美的天性，在互相交換把玩彼此的飾物。女將對中瑛純銀髮簪上的玉如意吊墜，愛不釋手；中瑛對女將腰帶上的玉珮很感興趣，讚嘆構圖的別出心裁、雕工的細膩和高超手藝。最後不言而喻，彼此將其作為禮物進行了交換……

四天後是他們難逢的盛大節日，在皇城將舉行盛典，國師邀請八人蒞臨皇城觀禮。盛情難卻，八人接受邀請。國師巡視和指示完畢，車不停人不歇，便即起程返都。

途中，八人與國師侃侃交談。

國師介紹：「這次慶典適逢日蝕，所以更為難得。」

奇叟表示不解：「日蝕應是月亮最圓也就是月中天最高的時候發生，貴國慶典這時刻該已過去了。」

國師說：「不錯，慶典時正是月亮達月中天最高、最圓的時候。是不是因為處於不同地方便出現時間上的差異呢？！」八位客人聽得似懂非懂。

奇叟：「貴國的天文知識高深，連日蝕都能預知。其它方面也很先進，例如武學就別具一格，佩服之至！從令媛所使的柔鋼雙刀，顯示貴國的冶金技術，已達到很高的水平。」

中瑛：「令媛的玉珮很精緻，令人愛不釋手。雕工和構圖都具有很高的造詣。」

國師：「謝謝，承蒙誇獎，真受寵若驚。從各位的衣著、舉止、談吐、武學和玉如意等等，都顯出來自文明國度。」

奇叟：「我們世外山野之人，怎能與國師相提並論。敝國從有文字記載，至今已歷數千年了。」

國師：「原來也是文明古國。難怪各位風采如此高雅。敝國也算是古老之國。我們的一切文化知識，都由先人傳授得來。幾千年前，先人從天外降臨，是我們的天外來主。他們帶給我們天文、數學、農作、武學、建築等知識，還有文字。有文字記載，數千年前，有先人在這裡逝世，陪葬品中就已經有金、

銀、銅等金屬，還有玉器、陶器、石雕、水晶模型和文字等等、所以冶金技術在幾千年前就具有相當的基礎，不然，用石器工具，水晶模型是製造不出來的。在這基礎上才有今日的發展。所以我們號稱的瑪雅文化也已有幾千年歷史了。」

婦女們聽了神話般的故事，不禁齊聲低呼，你一嘴、我一舌，提出一連串問題：「恕我們冒犯，請問，天外來的仙人，是怎樣的？」

「長得是不是和我們人類一個樣？還是變成和人類一個樣？」

「仙人都會逝世？現在還在嗎？」

國師：「先人們是不是變的就不知道，長得的確和人類一樣，只是高大魁梧，身高一米八左右，有這位小兄弟——天賜般的身材，內裡骨骼如何就不清楚了。先人們把一切教會我們以後，幾千年前全都陸續回去了。走前留下製造宇翔器的技術和石刻模具，宇翔方法、圖表等資料，要我們等待命令，屆時全體飛赴先人們那裡去。我們時刻準備和期待著命令的到來。」

奇叟：「國師提到文字，敝國的文字，繼承遠古的象形甲骨文發展而成的。所以屬象形的方塊文字，基本上每個字一個含意和讀音。所以我們活到老、學到老，也沒有把所有的字學全。只懂得有限個常用字罷了。貴國的文字又是怎樣的呢？」

國師：「敝國文字，每個字外形基本上也是方形，一個字含有一個意思和一個『發音』。所謂『發音』，除了原來意思的讀音以外，和其他讀音串起來可拼出另個音，就賦予另外的意思。單字稱之為字母吧，總共有八百個之多。所以組合起來，可能比貴國的字要多得多。若按你們的分類法，可以說既是象形又屬集拼音於一體的文字了。」

奇叟：「可以用來拼音的文字，真是聞所未聞。真是大開眼界了。是不是很難學呢？」

國師：「同樣要活到老、學到老，沒有統一語言，發音部分就難以普及，加上不同字母組合繁複，更難以掌握，所以敝國絕大多數是文盲。識字，成為了貴族們的專利。形成了凡識字的人都可以操同一語言。這樣一來，一切文明延續和發展的重任，都落在我們貴族們的肩上。換言之，如果貴族們一旦消失，敝國的文化和文明也將隨之消失，這是我們的最大隱憂。所以各城邦爭奪的最大戰略，就是要把對方的貴族消滅，取而代之。」

……

（二十三）

　　為趕時間，逢驛站換駝馬接力，日夜極速兼程。三天就趕回了皇城。國師說，皇城建在平原故故爾甘（Kukulcan）這地方，方圓兩三里，麻雀雖小，五臟俱全。

　　城牆高 11.6 米（29 的 0.4 倍），厚 3.6 米（18 的 0.2 倍）。建築材料是：把玉米稈切成一段段曬乾搗鬆、泥土和玉米糊。摻和這些材料後夯打築成，乾透以後比石砌還要堅實。城內建築排列整潔有序，人們來往熙攘，一派繁榮景氣，士兵們荷戈在城牆上來回巡邏，給人一種內弛外張的感覺。

　　盛典就在城內的故故爾甘塔前舉行。這塔以夯土建成平頂的四方錐體，共分九層平台，塔高 29 米，周邊 56.5 米，雖非圓形但與直徑 18 米乘以圓同率 3.14 之數吻合，四邊台階各有 91 步階級上至頂層平台，總共加起來剛好是 365 級之數，與一年有 365 天相吻合。平台上建一座 5.8 米（29 的 0.2 倍）高的方形小壇。

　　台階的兩側築起寬約 1 米的邊牆。北面邊牆下端，有一石刻圖騰的頭。高 1.45 為米（29 的 0.05 倍），長 1.80 米（18 的 0.1 倍），寬 1.08 米（18 的 0.06 倍）。嘴裡吐出一條大舌頭，由於年代久遠而遭侵蝕和經戰爭等的洗禮，頭上的角已殘蝕不全。塔頂平台四角和小壇頂的中央各豎有木桿，每桿各自

由上至下，繞嵌漆上各種顏色的小橫木，小橫木的長短、距離、指向和角度也不盡相同。

國師介紹，當春分和秋分的太陽開始西落時，由於日照的關係，塔的附近出現蛇影奇景。九層平台邊的影子，掐頭去尾，剛好形成七個等腰三角形，排列成行地套在蛇影背上。隨著太陽逐漸西沉，蛇影漸漸由直變成波浪形，從上蜿蜒而下，直至隨太陽西沒而消失。這就是被稱之為帶羽毛的蛇神。人們載歌載舞慶祝和迎送蛇神。

婦女們聽了又不禁嘩然：「多神妙的傳奇！多高超的建築藝術！」

奇叟認為：蛇類的舌頭是分叉的，從舌頭的形象，加上影子上的背鰭，倒更像是中原的龍。是不是叫法上的不同而已？也許，我們應該都是龍的傳人。

在塔前豎立了一個光滑陶製頂端尖削的圓錐體，高 29 米，直徑 1.8 米的兩倍——3.6 米。主體四周各附有一個由金屬製成同樣的圓錐體，體積比主體小了一倍，這些附體的底部各有通管，連接在主體底部中央，形成統一出口。從而巧妙而牢靠地懸掛在主體周圍。這龐然大物才是慶典的主角。

國師解釋說：「這主體也是金屬鑄成，外面包一層燒製陶土而已。」說到這裡，日蝕開始，國師兼祭師宣佈慶典開始！

一時間，鑼鼓喧天，人們盛裝手執火炬，載歌載舞，護送著 15 個興高采烈的人，看來這 15 人是一家人，在副祭師的帶領下進入主圓錐體，倒掛繫在床上，到時他們會自己鬆綁。從外面關上後，再也開不了。

奇叟問：「他們在裡面做甚麼？」

國師答：「把他們送上天。」

奇叟：「是否太殘忍了？為甚麼不用禽畜來代替呢？」

國師哈哈大笑：「你們誤會了，這就是宇翔器，是送他們回先人那裡去的。這是人人夢寐以求、爭著要去的。經過層層篩選，好不容易才獲得的榮譽呢。我們都是文明古國，怎能用活人來當祭品呢？相信貴國也不會這樣做。」

這時副祭師氣急敗壞跑來彙報，宇翔器尾有一段銅線仍露在外面，說明吸收雷電不足的現象。否則它會自動完全縮進去。這樣的一個慶典，是不准有絲毫差錯的，一但出現差錯，所有祭師都要被處以極刑。怎麼辦呢？現在的天氣哪來的雷電呢？天賜知道後毛遂自薦可以幫忙，國師立刻派人迅速接導線，拉到城外讓天賜施展雷電功，從而挽救了這次慶典。

趁日未全蝕仍有餘暉，國師用凹透鏡集光點燃宇翔器下的柴草，剛好日全蝕，只見噴出火焰，宇翔器徐徐上升，最後以雷霆萬鈞之勢，像拖著尾巴的流星衝向太空，人們揮著火炬，

更雀躍地盡情歡呼、歌舞，把慶典推至最高潮，一直維持到太陽完全重放光芒……

八位客人，生平第一次見到如此壯觀的場面，目瞪口呆。這麼巨大沉重的宇翔器，竟然像小孩玩的沖天炮般飛天，但又不見在空中爆炸，眨眼間已不見蹤影。

在國宴中，國師又侃侃而談，簡明扼要地講解了客人們的各種疑問。天外天、天連天之大匪夷所想，不妨稱之為宇宙。這衝往先人住處、在宇宙翱翔的器皿，就叫它為宇翔器吧。宇翔器裡外一切巨細，都是由先人留下的石刻模具來鑄成的；它一起翔，就自動向先人處進發。裡面備有圖表和文字說明，圖表用來對照方向是否吻合，文字教導如何簡易地糾正偏差；裡面各裝置各司其職，保持宇翔器內恆溫、恆壓、恆濕等，把人的排泄物更新為可飲食的食物，供應和更新人呼吸所需氣體……

「剛才老先生問及，當點燃飛升，為何不像中原的沖天炮一樣，在空中爆炸？按老先生的介紹，沖天炮是由紙包著火藥做的，有謂紙包不住火而爆炸了。宇翔器不用火藥，用比紙強得許多的金屬做外殼，包的是沼氣，沼氣在噴出孔外才達到燃點，所以不會爆炸。」

「用甚麼方法不讓沼氣洩出來？又怎樣使它噴出孔外呢？四個金屬東西，能裝多少呢，就算是裝滿了沼氣，也難以推得動龐然大物呀。」奇叟問。

國師的解釋說出一段拍案叫絕的事。

先人有先見之明，帶來了「餵沼樹」的枝條，栽在這裡繁殖，它不是種子繁殖，而是取其枝條，像種木薯般插入土中繁殖。它的果實，有常人拳頭那麼大，熟了以後，摘下、剝皮、晾乾，變成白色的小纖維球。這小球遇到沼氣就會自動吸收，可吸入比它體積大幾千倍的沼氣，吸飽後脹回拳頭那麼大，顏色由白轉變成土黃色。用任何辦法都休想能把其中的沼氣擠出來。唯有遇到低於其燃點的高熱，才會把沼氣極度迅速地釋放出來。

這種樹生長迅速，兩年就可以結果，樹幹筆直圓整，樹枝都長在樹冠上。屬八年生植物，最大直徑可達 1.8 米、高達 30 多米。若八年後不砍伐，它的圓心軟組織擴張到樹皮，便支撐不住龐大的軀體而倒下，這時的枝條已不可作為插枝繁殖了，母幹連同其枝葉一齊很快乾枯，變成薝粉。最理想是在它長到五年的時候砍伐，很容易將中間的軟組織掏空，剩下硬木部分成為中空的巨筒。

這時把成千上萬的土黃色吸沼果塞進去，母樹幹筒和吸沼果又可以一齊大量吸收沼氣，直到同時都變成深紅色為止。這時，吸沼果不僅不會增大，反而稍有變小。若不塞有吸沼果，母樹幹筒是不吸取沼氣的。所以此樹就叫做餵沼樹，餵吸沼果吸取更多的沼氣。把它們整筒地裝進金屬套內便成。

現在不妨看個實驗。兩個相同的裝置：卅來斤重的陶製水缸，覆蓋在架起的鐵板上，鐵板下放了柴草，水缸覆蓋著一個吸沼果，一邊是土黃色，另一邊是深紅色。首先點燃覆蓋著土黃色底下的柴草，只見水缸飛起一米多高；再點燃另一邊的，水缸飛升十幾廿米高，在空中炸成的碎片四濺。

它之所以會爆炸，是因為快速釋放的大量沼氣，沒有像在噴氣孔外被燃燒掉而集聚，來不及擴散所造成的結果。宇翔器在達到極速翱翔時，產生高熱，四個燒空了沼氣的金屬套全被高溫所熔解，自然脫離了宇翔器，減輕了負擔。這就是不用陶土覆蓋它們的原因。

客人們聽得似懂非懂，目瞪口呆！

張幗英有太多疑問了：「沼氣最後定會燒完，到時怎麼辦？會不會掉下來？」

「打個比方，」國師說：「在地上推一隻小艇，有可能推不動它；若在湖面，小艇可以滑行很遠。同樣道理，宇翔器在空中，就可以翱翔得很遠很遠，不會掉下來了。」

「當到了相當高度，回望我們的所在地，實際上是一個球體，所以就叫做地球吧。其他星星包括太陽在內都是很大的球體。太陽比地球大很多倍。地球和金星等都是各自繞著太陽轉的。」

　　客人們感到越來越玄，都不好意思再問，再問下去，像墜入濃得粘稠的百里雲霧中再也出不來，只徒增迷糊。

　　國師繼續往下說：「試想像，將太陽和地球用無形的巨鍊拴起來，當它們繞同一軸心轉動，宇翔器借助摔出去的這股力，增加了速度，這股力也就是維持海水潮汐的動力，可見其威力之大了。到了金星上空同樣借助太陽和金星的摔力，再一次增速。」

　　天賜插問：「這時的速度該有多快呢？」

　　國師反問：「你們從中原到這裡，用了多少時間？」

　　奇叟答：「如果順風順水，全速航行，怕也要幾個月甚至超過半年。」

　　國師說：「以宇翔器那時的速度，你們從中原到這裡，一眨眼間，已經不知多少個來回了。宇翔器自動對準預先已設定好的方向趨進，當進入一個所謂超時空的隧道，這時宇翔器喪失了在地球所謂的速度概念。換言之，它已成為不佔空間也不存在有時間的一個概念點。在這意義而言，其實已經到達了先人的所在地，只要把概念點還原就行了。」

　　天賜插話：「難怪有謂『山中方七日，世上已千年』之說，原來不是神話那麼簡單。」

　　國師說：「這位小兄弟說得好！宇翔器在超時空隧道一日的行程，在地球真要走許多許多年。換句話說，在那裡生活一天，在地球已過了很多很多年了。」

　　姚舜禹開腔了：「那豈不是一個延年益壽的最佳辦法？」

　　國師說：「這位女士說得對極了，再加上先人們的高超醫術，應該可以比在地球活得長壽很多。」

　　任中瑛問：「是不是任何時間和任何人都可以去呢？」

　　國師說：「原則上任何人都可以去，起碼要有一個懂得宇翔器內說明書上文字的駕馭者；而時間就要適時才行。至於甚麼才是『適時』？」

　　怎樣才是適合起翔時間？這要從先人們對天文，特別是對地球和金星研究的成果說起了。

　　說到宇翔器，要借助於地球和金星與太陽之間的轉動所產生的力矩來加速。那麼就要在時間上的配合。如果錯過了借助於金星與太陽的力矩來增速，就到不了超時空隧道，宇翔器可能要永遠在宇宙翱翔而不知所蹤了。

　　地球繞太陽一周，也就是一年，需時 365 天，而金星繞太陽一周則要 584 天。當地球和金星再回到同一相對位置時，所需要的時間，就是它們的最小公倍數，即「5X8X73=8」（地

球）年。剛好也配合了喂沼樹成長八年的週期。在天文上的黃道（不是地球上赤道）來看，運行一周是 360 度，如果設定 45 度都能配合利用，那麼每隔一年都是適時起翔的時間。

當特殊情況，比如說，先人有旨要我們全部返回他們那裡，就極限利用到 11.25 度的角度之配合設定了，這時一年就有四次適時，不言而喻，翱翔時間必然有所不同了。而且趕製宇翔器等要計劃和安排得很周詳、更緊湊才行。

製造宇翔器的一切材料：喂沼樹、沼氣、金屬礦、冶煉的燃料等等，只有在深山野林裡才有。如果一旦接旨，要我們全部返回，也得要分批才行。到時，必然要放棄原來生活的地方，大舉遷移到方便製造宇翔器的深山野林，是不言而喻的了。

「現在天色已晚，不妨礙各位休息，明天我們再繼續暢談。請請！」

……

八位客人徹夜不眠，想釐清白天國師所說的一切。但是怎麼也釐不清，反而越釐越亂。是科學知識水平所限！最後，唯有接受其結論一途。

第二天清晨，大家用完早餐，國師即時來探望。彼此客氣寒暄一番後，繼續促膝長談。

國師問大家：「不知各位還有甚麼疑問要在下解答的呢？千萬不要客氣，在下盡自己所知的淺見回答，若有誤謬之處，還請賜教糾正。」

奇叟代大家回答：「國師客氣，國師博學多才，我們山村野人難望國師項背，國師昨日之宏論，我們聞所未聞，真是大開眼界。還希望國師不吝多多賜教才是。」

陳曉峰問：「敢問國師，怎麼能預先知道會有日蝕呢？」

國師答：「大家都注意到，塔頂那五根插滿各色小橫木的豎桿。那些不同顏色的小橫木，分別代表太陽、月亮、地球、金星、降雨、颱風、日照等等天文和氣象的因子。每天按規定旋轉一定的角度，在預定的時間，它們的影子落在某一台級上的情況，就知道那一天要發生的事情了。因為每個台級就是每年之中的那一天。

「當代表太陽、月亮和地球三根橫木影子頂端，在代表昨天的台級上接合，表示三者在天文上在一直線上，即會產生日蝕了。同時，金星的橫木影子又端端正正地落在該台級上，就是宇翔器可起翔的適時日子了。所以那個塔，可以叫做祭壇，其作用更是個天文台和氣象台。」

劉中興雖然對天文啊甚麼之類也甚感興趣，但太玄了，一時接受不了那麼多。忍不住另外的好奇，於是問：「國師，請問在城外那個沒有頂蓋的長方形建築是用來做甚麼的？」

「哦，那是個球場，用來賽球用的。」國師回答說，「寬27米（18的1.5倍），長36米（18的2倍），連護牆高4.35米（29的0.15倍），厚1米。在長邊的一半即18米處離地2.9米（29的0.1倍）處，鑲一個如杯耳的一個環，直徑0.29米。人們從牆頭上面的護牆邊觀望球賽。圓球是用皮縫製，剛好可以穿得過該環。

「球賽的比賽規則是：第一，比賽雙方人數相等（比如說是每方各十人）；第二，可以用身體任何部分接觸球，或阻止對方入球；第三，率先達到投穿環圈（十人計）十次者為勝；第四，沒有時限、休息和替換。若兩三個時辰內都分不出高低，主裁判有權終止比賽，宣佈雙方都屬敗局；第五，不能蓄意傷害對方，犯規者即時罰退出場，沒得替補；第六，四個裁判在牆上的四個角執法，一個主裁判在環圈所在的牆頭上執旗號令；第七，比賽是純體育競賽，雙方為榮譽而戰。輸的一方的隊旗，獻給勝方。有兩次贏回隊旗的機會。連輸三場，隊旗永被勝方沒收，而且隊名從此消失，不准再用。雙方敗局的隊旗被主裁判沒收。再戰勝方可擁有雙方隊旗。三次都同屬敗局，兩隊的隊旗和隊名從此消失，不准再用。在戰爭時期，這用來處置戰爭俘虜用。」

「甚麼？球賽用來處置戰俘？聞所未聞，怎樣處置呀？」反應迅速的姚舜禹第一個急問。

　　國師答：「把不願歸順的俘虜，通過抽籤，編成人數相等的若干隊，然後隊間抽籤比賽。以後勝方與勝方再抽籤比賽，輸方與輸方抽籤比賽，連輸兩場者全隊處死。

　　「未開始初賽都有權選擇歸順，一旦進入賽場，就喪失選擇歸順權。勝方可保留選擇歸順權；輸方，若第二場獲勝，可奪回選擇歸順權。輸贏都要參加下一輪比賽。最終必然只剩下一隊，這一隊抽籤一分為二進行比賽，一直分出勝負為止。同樣，連輸兩場者（包括兩隊同屬敗局者在內）處死；連勝兩場者釋放。這時的裁判是由五個軍官擔任，圍牆上都是全副武裝的士兵，提防戰俘集體嘩變。

　　「歸順者，按其技能分配到各對口工廠或商店，無技能者分配務農，都是自食其力。因為，我們沒有義務去養他們，也不能放虎歸山找自己麻煩。所以這是最仁慈的辦法。到戰爭結束，留去有他們的自由。」

　　讀書較多的蒙天賜認為：「這倒是一個殘酷中的仁慈辦法。迫使戰俘自願接受歸順。最後，只有少數幾個人可以獲得釋放而已。而且在比賽中，都會盡全力，又不敢蓄意犯規，蓄意犯規等同找死，因為人少對人多，勝算大打折扣。這辦法好！中原的白起將軍，坑殺了幾十萬戰俘，屍填溝壑，血流成河，那才是真正的殘忍呢！」

國師讚曰：「這位小兄弟，說中了我們採取如此措施的本意。另外，當敵對作戰時，士兵們寧願被俘也不願拼死玩命。這點對我們取勝極為有利。」

蒙天賜繼續說：「真是高招！對了，請問國師，我們注意到，凡是屬於平面的尺寸都與 18 分不開，而高度又必然與 29 有關。為甚麼呢？」

國師答：「這位小兄弟真是聰穎過人，觀察入微！我們是以 20 進位的，先人的一年，稱為卓爾金年，每年 13 個月，每月 20 天，一年共 260 天。地球年為 18 個月，每月 20 天，加上五天的禁忌日，共 365 天。金星年共 584 天，每 20 天一個月，共 29 個月。宇翔器，從地球到先人那裡去，必須借助太陽、地球和金星之間的力矩加速才行。18 和 29 分別具有『地』和『天』的含意。所以 18 和 29 對我們來說是很有特別意義的。」

忽有探子來報，在海的天際，出現有規律性間隔的黑色烽煙，不知有何情況？呈報國師定奪。

客人們一聽，便知是離船一段時日，船上的人心中掛念，「產增號」在聯絡問訊了。於是眾人向國師請辭，多謝受到貴賓式的禮遇和款待！

主人們也不忍多留千載難逢的客人，雙方都深感有相逢恨晚的惜別之情。

國師說：「不用從來路回去，否則日夜兼程，最快也要十天八日，從這裡直接先到海邊，因為比較近，又好走，應更為快捷。然後沿海灘北上，邊走邊聯絡，可能四五天光景就已會合了。」

國師特派了一隊車隊和士兵護送至客人們登船。

客人們再次拜謝主人們的殷勤款待，約定五年後再見。

（二十四）

「產增號」順著赤道逆流向西航行，四至五天光景四周已不不見陸地的影子。極目海天相接，的確呈現拱弧，不由不相信地是球形之說。天有不測風雲，說變就變。做好一切準備，強颱風便接踵而至。把「產增號」往西南偏西直送。大人們又是幾個不眠天……

當風向轉南，颱風總算過去。但是「產增號」身在何處呢？天氣放晴，遠遠西望，隱約見有島影。「產增號」船頭直指該島趨進。駛近一看，真令人失望，這是一個荒島，連小矮樹都沒有一棵，海鳥也只是暫借歇歇腳而已。但西望，又見有朦朧島影。繼續西行，不久，見該島升起烽煙。

在汪洋大海見有烽煙，便是求救訊號，不成文的規定，見者有義務馳往救援。在海盜橫行時，他們也以此法請君入甕。「產增號」的戰士們，都具有扶危鋤奸精神，於是滿帆趕赴該島。原來島上的人也見到東面水連天處，有帆點朦影，漁家人眼利，只要看得到丁點朦朧帆影，就有本事分辨出是張三還是李四的船，所以判斷到遠船是熟悉的中原船隻，於是派小艇迎截。

「產增號」在半路上，見到中原特有的帆艇迎來，莫非回到家鄉了？但是兩位漁民出身的爺爺，昨晚才夜觀星宿，肯定不是這麼回事，離家還遠著呢。議論間，來艇的繩鈎已經掛上

「產增號」船舷，沿繩爬上兩個中年人。一上到「產增號」，兩人齊聲喊到：「二叔，你怎麼在這裡？」仔細端詳後又自言自語在否定自己的問語：「不對，不對，二叔沒有那麼年輕，也沒有那麼魁梧。但是太像了呀，是怎麼回事？」

異邦遇鄉音，雙方欣喜非凡，尤其是攀繩上船的兩位中年人，更是額手慶幸。

「好囉，廿年啊，終究等到了今天！」原來他們就是廿年前「產增號」觸礁船毀留落異鄉的人，當年是青年漁工，現在已是中年人了。兩人你一句我一句，把當年的驚險境遇以及留落小島的情況，扼要地敘述了一遍……

小島在望，只見幾十艘獨木舟蜂擁而至，紛紛舉槳致敬歡迎。

「產增號」靠了岸，岸上人頭湧湧，人聲鼎沸。從人群中擠出二叔和二嬸，骨肉天性，二嬸就撲了過去，一把抱住天賜，仰臉不眨眼地望著兒子，深怕一眨眼兒子就會從夢中消失，眼淚止不住地像泉湧般流淌，這是喜極的淚水！二叔一手搭著天賜的胳膊，一手愛撫著天賜的熊背，似笑非笑，似哭非哭，愕然無言地端詳第一次見到的兒子。

天賜一手抱著母親，一手擁著父親的肩膀，低聲溫柔地叫了聲爹和娘，二嬸更哭得像淚人般。整個家族和人群都圍了過來，人們中有的在陪著流淚，有的在歡呼，有的……

這幾天，整個小島燈火長明，成為不夜天。廿年的悲歡離合，各人多少驚險、傳奇經歷等等，就算不眠不休地講它一兩個月，也聽不厭，也講不完。

原來蒙天賜的本家也姓蒙，按輩分排，蒙阿大是蒙爺爺從未謀面的遠房堂兄弟。霎時，蒙阿大從爺爺降格成為蒙天賜的叔公。

⋯⋯隨著時日的流逝，激動的心情逐漸平復。

奇叟、天賜、曉峰、姚舜禹、中玉、中瑛、中興和幗英，應大家的要求，教人們習武。於是，習武便成為島民不可或缺的日常生活。

蒙爺爺廿年來，離鄉別井，留落異邦，始終認為很對不起那廿幾位漁工而深感內疚。

按當地人傳說，一直西去都有島嶼遠近不等地零星散佈。蒙爺爺當年遠岸南下捕魚，也有零星島嶼出現，這些島嶼是否可以連接得上？只有實踐去證明了。

眾議決定回中原一趟，看看情況如何？戰火是否已平息？經過一番周密準備，「產增號」於颱風季節過後起錨遠征，所有中原人及其家屬上百人同行。「產增號」島過島地走走停停，半年時間終於駛進蒙爺爺熟悉的海域，再往偏北方向航行，個把月就可以到家了。

首先回到蒙氏家族歷代生活的漁港，只見港內擁塞著大小沉船，岸上殘垣敗瓦，十室九空，僅剩下老弱婦孺，而且多是外地人，以撿挖沙灘小貝殼、死魚爛蝦為生，長期的過量挖掘，東西越來越少，有一餐沒一餐的，迫使人們外逃求生，一派蕭條景象，真是慘不忍睹！

蒙氏家族的會議一致決議回島。其他漁民們的親人均已失散，生死未卜，看來都凶多吉少，就算留下來也無以為生。廿年在島上生了根，都有了家室，有了感情，所以都決定追隨蒙氏家族返島。至於四位半漁農及其家屬，打算先回去看看再說，反正路途不遠，半天途程就可以到達。「產增號」決定給予五天時間，過期不候。

天賜趁此機會潛海「走親戚」。原來的海豚家族，改變不大，海豚媽媽身邊帶著不知是第幾胎的「小妹妹」，與天賜重逢，表現得特別興奮，不斷用前鰭推揉害羞的「小妹妹」介紹給「哥哥」認識……

「產增號」也利用這幾天，每天出海捕魚，盡些綿力接濟本港饑民。誰知道，第二天半漁農連同家屬全部都趕了回來。

原來，他們一進村，以為走錯了路，整條村面目全非，房屋坍塌，田園荒蕪，人影都不見一個，一切都變得那麼陌生和淒涼！唯有揮淚離開曾在此出生和生活過的故鄉，漏夜離開這傷心地趕回程。而奇叟和任氏一家免得傷心，決定不回絕崖了，保存對絕崖以往的美好回憶吧！

用不到等五天，「產增號」便起航去桃源港。路過小山崗時，特地靠岸，為蒙叔婆掃墓，天賜和劉奶奶親自為墓地除雜草、添土和加覆草皮。蒙叔公老淚橫秋，幾十年夫妻恩情，難捨難棄！劉奶奶跪拜默禱：「姐姐，妳安息吧！阿大有我們照料，生活得很好，求妳保佑阿大健康長壽！妹妹給妳磕頭了。」

到了桃源港，無一倖免，那裡一樣受到戰火的蹂躪，同樣是十室九空，僅剩下老弱婦孺。唉！莫提起，一提起淚灑滿海河。劉姓剩下一孤獨無依的老學究，一提起劉中興，依稀還有點印象，一見到劉奶奶，相互聊起來，便逐漸想起來了。當年「產增號」離開後，戰火激烈地橫掃這一帶，現在已逐漸向內陸推移，但是劫後餘生，真是生不如死！

可吃的東西比黃金還貴，沒錢就更苦，在這個年代，還有多少有錢人吶？沙灘挖掘可吃的越來越少，由於長時間沒船出海捕魚，魚反而多了，但是懂得做海營生的人死的死，走的走，加上又沒有船，還不是得望洋興嘆！據說關老闆有一隻大船，有人探過他口實，出高價收購，但是他都矢口否認，可能怕是由軍方的人假扮的，企圖沒收他的大船，現在都沒人問津了，可能真的沒有吧！

大夥聽了認為，以前攢下的錢，在異邦等同廢鐵，不如用來添置一隻大船。

劉中興自從把賈公港恢復回桃源港，的確也攢了些錢，陳曉峰世代富家子弟，慣常仗義疏財，湊錢就更不成問題了。

　　陳曉峰、姚舜禹和陳念慈三人，明知山有虎，偏向虎山行，無論如何，得回陳家莊一趟，買船的事交給蒙、劉兩家去辦。臨行由曉峰背了一大包袱的魚乾蝦乾。定下為時兩個月為限，逾期不用等候。

　　話分兩邊。

　　原來，這艘和「產增號」同樣大小的船，當時剛造好，只試過航，沒命名也沒捕過魚，戰爭就爆發了。關老闆在無意中發現懸崖下面的一個隱蔽山洞。於是把新船收藏這山洞裡，這山洞是徹底被殲滅的海盜所遺留下來的。從海上和從懸崖上，根本看不出懸崖下有這麼個山洞。所以這個山洞可以說沒有人知道。漲潮時，海水淹沒半個山洞，退潮時，仍有水淹著，所以船永遠有海水泡著，不會乾裂。

　　劉中興與關老闆有一面之交，買船之事，具蕩浪旋鏢俠之名號，經三個老經驗過目，一拍即合。也不管要價多少，傾囊授之，只有多沒有少，皆大歡喜。經公議，命名為「產豐號」。三老認為，這艘船比「產增號」只好不壞，但所有風帆和全部繩索都要更新，網具也要添置。最可喜的是有五十桶桐油和三十桶生石灰，每桶都是一百斤重，足夠兩船十年八年的用度，到時島上的桐樹已成長，可結果榨油了。帆、索和織造網具等，根本難不倒這群老漁工。

　　在等候陳家三人歸來期間，姐妹號每天出海打魚，輪流接濟附近沿海饑民，並且組織他們自救。以桃源港做起。教他們

搓蔴編繩、織網，在港口兩沙嘴，拉流刺網，漲潮收網，讓海產跟潮水入港，退潮張網捕魚。兩沙嘴間隔百多丈，必須群策群力團結一致才行。因為都是些老弱婦孺，所結的網並沒有把整個港口全給攔截，量力只小部分而已。幾天的試捕，看來可以自救，待人們逐漸回來，再進行擴大再生產。叮囑：網目不能小於一寸，切忌「殺雞取卵」！

陳曉峰三人，毫不隱諱，日夜兼程，輕功飛馳，十三歲的念慈藉此鍛練和考驗其耐力。她雖然有十五至十六歲的體型，又有天賜貫輸內力，必竟年紀尚小，有時要父母左右協助，實在太累就由姚舜禹背著歇息和小睡以恢復體力。

路上找個偏僻處，不敢生火，用水泡開魚、蝦乾充饑，兩個大人輪流打坐一個時辰已可恢復體力；遇到曠野，從奇叟處學到的野外求生術就大派用場。找些嫩葉、野果、飛禽等補充食糧；遇到有士兵攔截，姚舜禹一邊施法要他們讓路，一邊腳不停地飛掠而過。當士兵們醒過來，根本都忘了方才發生過的事⋯⋯

十天光景已回到陳家莊。舉目一望，滿目瘡痍！房屋和所有林木全部燒光，焦土一片。東、西靈河淤塞，致瀑布垂練之水，亂流漫淹，鯉、鯽無存，田園雜草叢生，蛇鼠亂竄，杳無人煙⋯⋯一言蔽之：「面目全非，形同鬼域。」破壞之巨，匪夷所思，要重建恢復昔日面貌，經兩三代人的努力也未必成事。

雖然千萬個不願意，他們還是無奈地決定離開這個祖居的魚米茶菓之鄉。

行前，特地為先人掃一次墓，此後有生之年，不知還能否再盡此孝道？小念慈第一次拜祭生母陳慧如，悲從中來，哭趴在墳上，哀號呼娘，聞者心酸！各墓地都幾乎被夷為平地，因此特別加高培土，比以往還要高，添加被覆草皮，周圍用石塊砌築溝渠以防亂水沖蝕。

曉峰開啟只有家族才知曉的密窖，想不到裡面竟然藏有幾十斤薯類，由於穴內不見陽光、冰冷且離地高吊，所以不至於發芽和變壞。曉峰全部取出帶走，至於金銀財寶，只拿取少許，留下絕大部分給家族後人開掘享用。

不用一個月，三人已回船會合。這時，一切具備隨時返航。

「產增號」和「產豐號」姐妹船終於起錨返航了。無奈地離開這個萬分捨不得的故鄉。人們都站在船舷，不少人以淚眼望著家鄉逐漸遠去，孤獨的劉老學究跪在船幫上淚流滿面，人們對家鄉生離死別最後一瞥的心情，待蒼天來回答這些遊子們的問題吧！龍的傳人以後的遍佈世界，是否可從中……？

這次返航，駕輕就熟，順著赤道流滿帆東去，四個來月就到家了。

　　快樂的時光過得特別快。眨眼，天賜已經二十三歲了。島上的人們都認為他與十七歲的任鳳，郎才女貌，特別登對。本來兩人都已情投意合，早已心中暗許，在雙方父母撮合下，擇日成婚。酋長聞訊，立即賀了一個絕不能不接受的大禮，公認的島上之花──酋長的十七歲小女兒，送給天賜，不分大小，同日成婚。

　　婚禮採取土、中兩種儀式，熱鬧而隆重的場面，不是筆墨所能形容！天賜左擁右抱，被人們推送入名副其實的「洞房」……全島歡慶三天三夜！

　　翌年，天賜的兩位嬌妻，同時誕下龍鳳胎。天賜一下子就成為四個孩子的父親！

　　這年又有喜事上映，青梅竹馬的十八歲的任龍和近十七歲的陳念慈也舉行了婚禮。又來了一次大歡慶！

（二十五）

奇叟，年逾百歲已有段時日，開始有力不從心的感覺。加上和國師有五年重聚之約，他想去應約，有可能的話齊赴天外先人之處，或可延年益壽，作為人生終結前的一大壯舉。於是蒙爺爺也想同去求得延年益壽之術。

奇叟之求去，牽動了多少有關連人的心弦！累逢奇遇的人們又豈甘蟄伏於平凡？

當「產增號」載送奇叟赴約，有關人等同船赴約兼送行。其中有蒙爺爺、二叔二嬸、蒙天賜和任鳳及其龍鳳胎兒女，任氏家族（包括中玉、中瑛、任龍和陳念慈），陳曉峰和姚舜禹夫婦，劉中興還有船工水手等人。島花公主，按他們的族律，不准離開本土超過旬日，所以連同一雙龍鳳胎留在島上。

由於路熟直航，兩個來月的順赤道流滿帆航行，就到了故故爾甘（Kukulcan）塔和國師的所在地。久別重逢，朋友相見，分外欣喜！

客人們發現，店舖不開門，人行稀落，市面上一派蕭條景象。安頓妥當後，他們向國師問訊。

國師解釋說：「客人們誤會了。自從你們離開後不久，我們就接到來旨，要我們從速回到先人那裡去。好在我們早有準備，在每年當中的四次『適時』都可以有一批餵沼樹供應。我

們一接到來旨就立刻遷移到深山老林，全力趕造宇翔器。這次是最後一批了。你們要是來遲幾天，我們就永遠錯失相會的機會。我這次回來是交接製造宇翔器內部配件的石刻模具給其它城邦。外殼容易仿造，而內部配件的模具複雜而又細巧，不是我們所能複製。

「本來不少城邦都有一套，經過幾次的火山爆發和天災之後，很多被熔岩熔毀或砸碎。雖然有的城邦處於敵對狀態，但是在製造宇翔器的問題上，誰都不敢有絲毫違抗和褻瀆。」

奇叟追問：「如果我們都想跟去，不是完全沒有機會了嗎？」

國師笑答：「你們能即時趕到，說明是有緣，也真巧，我們多造了幾隻，本來要全部移交給鄰邦，現在不必了，這好像就是為你們而特別準備似的。」

國師辦妥移交手續後，一齊前往深山老林的宇翔器所在地。幾十艘宇翔器，指天立著，甚為壯觀。「適時」當天到了，國師為各宇翔器逐一點火啟行，最後一只由國師親自領航，勞請中興代為點火。要是中興也帶著家眷同來，肯定也會跟著一道起程。

嘩！一隻接一隻，群起拖著火焰長尾，呼嘯沖上太空！這種壯觀奇景，可說是空前絕後。只有劉中興和那班水手們才有幸目睹。當時情景，只能請由他們來形容吧！

劉中興，把飛天人們的思念和祝福帶回給小島的人們。

「先人」所處的星球，多出了十四位中原人氏，其中有九位是傳奇人物。他們在那裡肩負著承傳地球上中原文化的使命。

輯二

「紅纓」續貂

前言

捧讀金庸先生大著《雪山飛狐》，他蓄意把結尾留待粉絲「續貂」。

曾曰：「這部小說於一九五九年發表，十多年來，曾有好幾位朋友和許多不相識的讀者希望我寫個肯定的結尾。仔細想過之後，覺得還是保留原狀的好，讓讀者們多一些想像的餘地。有餘不盡和適當的含蓄，也是一種趣味。在我自己心中，曾想過七八種不同的結局，有時想想各種不同結局，那也是一項享受。胡斐這一刀劈或是不劈，在胡斐是一種抉擇，而每一位讀者，都可以憑著自己的個性，憑著各人對人性和這個世界的看法，作出不同的抉擇。」

金庸先生筆下的故事和人物盤根錯節，絲絲入扣，功力非凡！往往出人意表，卻又不違情理，引人入勝。

柳暗花不明，驚面懸崖前無路，後有熊羆追蹤來，飛天無翼，入地無門⋯⋯這僅是故事延續的伏筆耳！

作者甚具仁慈匠心，為照顧粉絲，讓粉絲們可全按自己的造詣發揮。

這樣一來以「胡斐這一刀劈或是不劈」之選來續「尾」便可提供無限條尾巴。遺憾的是，終究皆非原「貂」之尾。

不才異想天開，何不另圖既非獸亦非禽之尾予續之，比如若以「紅纓」續之，豈不更滑稽兼可笑？！

不才「效顰」，偏偏棄保持招式不變「劈或是不劈」之選，因為劈下，必同歸於盡而雙輸，不劈有違武士公平爭鬥的精神，存蔑視和侮辱對手之義！妄試筆走旁門，棄雙輸取雙贏。以「紅纓」續貂，作為「泥胚」拋引翡翠。聊博得諸君一哂[4]。

4 哂：讀音為「shěn」。

「紅纓」續貂

金庸先生在「胡斐這一刀劈或是不劈」的當時環境是如斯描寫：

二人慢慢溜下，眼見再溜十餘丈，是一塊向外凸出的懸岩，如不能在這岩上停住，那非跌個粉身碎骨不可。念頭剛轉得一轉，身子已落在岩上。二人武功相若，心中所想也是一模一樣，當下齊使「千斤墜」功夫，牢牢定住腳步……

岩面光圓，積了冰雪更是滑溜無比，二人武功高強，一落上岩面立時定身，竟沒滑動半步。只聽格格輕響，那數萬斤重的巨岩卻搖晃了幾下。原來這塊巨岩橫架山腰，年深月久，岩下砂石漸漸脫落，本就隨時能掉下山谷中，現下加上了二人重量，砂石夾冰紛紛下墜，巨岩越晃越是厲害。

……

胡斐舉起樹刀，一招就能將他劈下岩去，但想起曾答應過苗若蘭，決不能傷她父親。然而若不劈他，容他將一招「提撩劍白鶴舒翅」使全了，自己非死不可，難道為了相饒對方，竟白白送了自己性命麼？」

不，雙方都不能死！……

就在胡斐考量樹刀該劈與否的同時，苗大俠也考慮：在避無可避之下，繼續完成白鶴舒翅，乃是雙雙非死不可。

不，雙方都不能死！……

兩人竟都想到一塊去了，苗劍胡刀，勢均力敵，落得個同死，哪還稱的了甚麼天下無敵、世上無雙？

既不要都死，又要「我」贏，只能如此——

胡斐單腳一點，「八方藏刀」此招不變，樹刀繼續往下劈，身子稍稍升高向左微偏，形成驚鴻掠翅式，改斜取苗肩，藉拔高偏身兼避苗劍，頂多被削掉耳朵保命，且輕傷對方而已。

誰知靈犀一點通般，苗大俠亦在電光火石之間，白鶴舒翅招式不變，身子不躲不挫，雙腳使出千斤墜，整個身體硬是陷入冰岩一尺多。

一個拔高近兩尺，另個下沉一尺多，均在霎那間，刀劍僅挨了一下，加上無心傷害對方，刀劍僅擦身而過，了無損傷！卻苦了腳下本已搖晃了幾下的「那數萬斤重的巨岩」，經不起倆位逾兩千斤的爆發力，給踹離岩體往下崩墜，更引發出巨大駭人的夾雜著岩塊、沙石雷嚮般之雪崩！

說時遲那時快，兩人不約而同地，腳點墜岩，同使上乘輕功，一個鷂子翻身，張開雙臂展成大鵬展翅，僅稍暫緩快速下降之勢，但未保不粉身碎骨。

一段約莫三丈長、直徑七至八寸的斷樹幹，搕搕[5]沓沓[6]地從胡斐身後撞來，那樹幹在不斷地滾翻碰撞下，椏枝和樹皮都被削整，樹幹顯得光溜，離胡斐身後一尺左右。胡斐一個醉佛翻身，硬把樹幹打橫過來，躺在樹幹上，而且將樹幹直往苗大俠橫掃過去，大喝一聲：「上！」苗大俠早已瞅著，配合得恰到好處，好一個靈猿過枝，只見雙手輕輕一按定住來勢極猛的樹幹，接著一個空手後滾翻，穩穩地站在光溜的樹幹上，胡斐心中不禁佩服：「好俊的輕功！」兩人各站一端，駕馭著和穩住樹幹，讓樹幹與底下崖突和異物進行無損地碰撞和摩擦，從而大大減低其下墜速度。猶如兩隻蝴蝶時隱時現地在珠簾穿梭飛舞。

兩人忽然聽見「雷聲」有異。原來，大凡流體忽然進入較淺或狹窄通道，流體自然會變得湍急。苗胡兩人比試的峰崖在玉筆峰後面稍右。稍左地勢比右邊稍高，當夾著崖石等物的雪崩，因地勢影響而拐擠到玉筆峰右側加速狂洩，於是雷聲也突然加大。

苗胡，本來憑腳底微妙感覺駕馭樹幹不敢分心，因雷聲突變抬頭瞭望，不望猶可，一望嚇得魂飛魄散。在兩里開外，玉筆峰腳下，苗若蘭仰首瞭望，不知躲避。兩人不約而同，齊運內功，作十里聚音一線吼示警，要她向玉筆峰躲避。但苗若蘭

---

5 搕：讀音為「kē」。

6 沓：讀音為「dá」。

置若罔聞，仍然仰首瞭望，絲毫不動，實是聽聲不見人，對兩親人的安危深比自己的安危更為關切！

苗胡兩人同時都感到不對勁，恰巧路過在拐彎處，有三人才能環抱的千年蒼松，胡斐伸手一式震山驚虎五指插入古樹，腳下撐勁，樹幹貼著古樹打轉，苗大俠亦照樣畫葫蘆定住，苗胡整整180度換了個邊，同時吆喝：「起！」一齊同時雙腳使勁一蹬，借樹幹反彈之力，使出魚鷹刁鯉，只聽得咔嚓一聲，樹幹斷為兩折，古樹松針飛揚，此時兩人頭下腳上，不要命地向苗若蘭處閃電般斜插飛去。

苗若蘭只見兩個黑點，越來越大飛快地向自己撲來，逐漸超越雪崩前沿，才看清是爹和胡大哥並排飛到，雀躍非凡，張開雙臂相迎，霎那間兩隻「魚鷹」撲到，各「刁」若蘭一臂，腳一踮地轉向玉筆峰崖下躲避雪崩飛洩的追擊。胡斐一腳踮地，另腳把地上的鐵盒向玉筆峰崖下安全處橫送了五十多丈遠，借勢讓離地的三人作順時針方向迴旋，本由一人竟創出三人的「仙女散花」新式，當然非有苗大俠踮地時已作默契的配合不可。帶著不會武功的一人，作此迴旋，藉氣流托升，可以飛越得遠些。苗玉蘭童心未泯，加上親人平安無恙，樂得格格笑個不停！三人在鐵盒停處，穩穩落下。回頭一望若蘭站立處，已被厚雪淹沒，崩雪仍帶著隆隆巨響向低窪處洶湧狂奔……三人額手慶幸，終於逃過一劫。

　　苗若蘭雙臂仍緊緊環抱著兩親人的頸項，埋首在兩親人懷中，沉醉在幸福的感受之中。胡斐猛然驚醒，父母之仇未報，不能沉迷於男女私情，抽回攬抱若蘭腰際的手。苗大俠則欲把若蘭從胡斐懷中抱離，但若蘭緊扣胡斐頸項之手不放。兩個男人靠得那麼近，四眼怒目相峙，雙方都投鼠忌器，怕傷害若蘭，不敢貿然出手。苗大俠和胡斐幾乎同時出聲：「蘭兒放手！」「蘭妹請放手！」若蘭不但不放手反而摟得更緊，平心靜氣地說：「爹爹和胡大哥，先別急！聽若蘭把群魔在藏寶洞穴中的說話，詳細稟告兩位，再動手不遲。」

　　三人不由得盤腿坐下，聽由若蘭娓娓說來……兩人聽著聽著，有時愕然、有時義憤填膺、有時目眥欲裂、有時悲憤難耐、有時頓感江湖險惡、有時慨歎人性醜陋、有時……若蘭把鐵盒打開說胡斐大哥是胡一刀大俠的後人啊！苗大俠趕忙搶過來一看，真是胡一刀的遺物，也有自己當時留下的證物，抱著遺物早已老淚縱橫，胡斐和若蘭也都已經成為淚人。

　　經過這淌淚的洗禮，徹底將心內一切有關人性的骯髒、醜陋、虛偽、仇恨……滌蕩得一乾二淨！苗胡二人眼對，判若兩人，已毫無殺氣，無聲勝萬語！

　　若蘭在逃出藏寶洞穴時，拿出順手收集的乾糧來招呼：「爹爹和大哥，來、來、來！比試了老半天，也該充充饑了。」

　　「蘭兒，妳甚麼時候開始那麼親昵地稱呼起大哥來？」

若蘭刷地一下子臉蛋一直紅到頸項，雙手不期然地撥弄衣襟，低頭不語。胡斐難為情低聲地說，小侄在救出蘭妹時，互表：「非蘭妹不娶，非小侄不嫁！」苗人龍一聽，高聲問道：「蘭兒，此言果真？」接著仰天哈哈大笑！

若蘭一聽，撲到爹爹懷裡，仰著頭嘟嘴問道：「女兒未經爹爹同意，私定終身，爹爹千萬別生氣」！

苗人龍說：「生氣，怎麼不生氣！要重重地罰你們兩個小鬼頭⋯⋯」

沒等苗人龍說完，胡斐已跪在苗人龍面前：「小侄甘願領苗伯伯任何處罰！」若蘭也並排跪在爹爹面前：「女兒也心甘情願一起受罰！」

只聽苗人龍屬聲斬釘截鐵地說：「你們仔細聽著，命令罰你們即日成親，不得有誤！」

「啊？！」胡斐和若蘭一時拐不過彎來，同聲「啊」然。

「怎麼，聽清楚沒有，要抗命嗎？」

若蘭喜極「爹——！」像個小女孩，跳掛在爹爹懷裡撒嬌。

胡斐雙膝下跪道：「小侄哪敢違苗伯伯之命，不過一時在山野間啥都沒有。小侄連一件像樣的定情東西都拿不出⋯⋯」

沒等胡斐說完，苗人龍搶白：「甚麼？還稱呼『小侄、伯伯』的，這不是在抗命嗎？！」

胡斐慌忙搖著雙手：「小婿不敢，一切聽從岳父吩咐，唯命是從！」

「好，起來吧！老夫因闖蕩江湖僅得蘭兒一女，今得半子之婿，不如收你為義子⋯⋯」

沒等人鳳說完，胡斐已雙膝一跪：「爹爹在上，受孩兒一拜！」

人龍又一陣哈哈大笑，接著說：「一介凡人武夫，免去甚麼繁文縟節，選日不如撞日。就現在舉行婚嫁大禮！」

這時，一輪皎潔滿月從玉筆峰後，徐徐地鑽了出來，加上平川白雪反映得特別光潔柔和！簡直是特為婚禮營造出祥和的良辰美景！

苗人鳳繼續說：「雖沒鳳冠霞帔，整潔卻不可免，你們兩用雪洗洗臉面，整整衣褲鞋襪，梳理梳理毛髮⋯⋯」

兩小口，早以攜手往雪川奔去了。回來時，胡斐用衣擺裝捧了大堆白雪，若蘭揀了幾片乾淨竹葉。

　　主婚人苗人鳳兼司儀唱曰：「一對新人聽著，現在天地為鑒月為媒。一拜天地，二拜尊長（拜苗人鳳），三作夫妻互拜。禮成！」

　　苗人鳳少不了說些吉利話祝賀：「祝新郎新娘，舉案齊眉，互助互愛，早生貴子，白頭偕老！」

　　新人們齊聲：「謝謝爹爹，恭喜爹爹！」

　　苗人鳳繼續說：「好啊！從今以後，胡苗兩家有後了！生第一個男孩跟父姓，第二個男孩跟娘姓。」

　　新人們齊聲應道：「僅遵爹爹主意！」

　　苗人鳳用竹葉，卷成三個竹葉杯子，抓三把白雪各置竹葉杯中，一運功，頓成三杯溫水。一人一杯。只聽苗人鳳說：「聊以清水當酒以敬天地！」用中指醮水，合拇指往上一彈，再醮水往下一彈，然後一仰首喊聲：「乾！」一對新人有樣學樣，然後交臂聊當合巹[7]酒乾杯！

　　三人共同撿了一大堆乾柴，掏出火折子升起篝火取暖、防禽獸，還可用來烤乾糧充饑。三人品字形，圍著篝火席地坐定，正所謂火燒胸前暖，風拂背後爽，由苗人鳳講述苗胡兩家前代的軼事。聽著聽著，不覺斗轉星移，月已西。

7　巹：讀音為「jǐn」。

　　若兰未脱童稚般，一蜷缩躺下便睡著了。人龙脱下大衣小心給她輕輕蓋上。兩個男人輪流捏著手印盤腿打坐，入定運氣練功，不出一個時辰便已疲勞盡消、精神百倍。

　　折騰了二十幾個時辰的雪崩，終於在凌晨東方透露魚肚白之前停歇了。僅時不時傳出碎岩摩擦的嘎拉聲。

　　等若蘭睡醒，梳理完畢，一起烤乾糧吃罷早餐，沿來路打道下山。來路鋪上一層厚雪，一洩十幾里！

　　順便拐到玉筆峰後察看，只見地貌面目全非，玉筆峰下被墊高了，顯得矮了四分之一，光溜的峭壁，被碎崖石撞擊得斑斑駁駁。給輕功特佳的高手有所憑借登峰，亦讓高超壁虎功者可藉此遊上峰頂！藏寶洞穴全被山岩堵塞覆蓋，洞內之人該全被埋葬，無一倖免。就算有幸出得洞來，也沒有苗胡那麼高的功力和際遇，看來難逃此劫。

　　嗚呼！人為財死、鳥為食亡！人生在世，誰能真正逃得出名利之網？就算世外高人視名利如糞土、與世無爭，仍被世人傳頌而硬生生地納入「盛名」網中！

　　輕功高超的兩位，各分左右架著玉蘭雙臂，在厚雪上飄逸，如蜻蜓點水般奔馳下山。在崩雪終點舌尖外停下，回首瞭望，崩雪勝比一疋白色絲絹斜掛，兩旁疊嵐扇屏、蒼松翠竹點綴、薄薄晨霧朦朧、旭輝斜映，真是神工鬼斧地鑄成一幅驚世的天然水墨畫。

不禁撫掌低唱：「白絹依壑垂，青松附岩彎。疊嵐陰峰美，蜃樓浮雲端。」

在三十來丈寬的舌端，散布三個黑點，走近觀察，是個血肉模糊、身份已難分辨的俯身屍體，右手尚緊握著刀柄，刀身被屍體壓著，翻轉屍體一瞧，胡斐歡呼得跳起來，原來就是先父遺下的那把寶刀！

苗人龍早已一個箭步竄到第二個俯屍旁，姿勢完全和第一個類似，反過來一看，手中握的是把三尺青鋒長劍，掂起來閃閃耀眼藍光，嗡嗡微吟，不禁讚聲：「好劍！」貫以內力舞來，吆喝一聲「著」劍鋒一指！丈餘開外一棵碗口粗的小樹，被劍風掃著應聲劈斷。胡斐和若蘭鼓掌齊聲：「好！」

兩人又趕忙察看十來丈外的俯屍，所不同的是雙手壓在體下。翻開之際，又是一聲歡呼，見兩手分別正握著先母遺物金銀匕首。胡斐更為欣喜雀躍，把金銀匕首雪洗布抹乾淨，雙手捧給若蘭，當作補給的定情信物！

三個俯屍都是同一姿勢，當被雪崩沖倒滑行滾翻，靠著武功底子，保持頭先行，舉利刃開路，才不至於粉身碎骨得保全屍。當崩雪逐漸慢下來，利刃失卻足夠動力停下，屍體慣性滑行，導致產生利刃藏壓體下的情況。

苗家父女和胡斐三人用利刃挖了三個坑，讓無名屍體得以入土為安。

三人繼續信步往下走了十幾二十里路，拐出山坳。眼前出現一片小樹林，沒走幾步，有幾匹馬從林中往他們跑來，牠們鞍轡齊全，三人真是喜出望外！

群馬見有人，是自然地迎來的，可見是平時訓練有素的高頭大馬良駒。若蘭愛美，選了全白毫無雜毛的一匹良駒，胡斐相反選了匹全黑毫無雜毛、油光閃閃的驪駒，苗人龍則挑了匹紅鬃烈馬。跟著又有馬匹從林中陸續跑來，總共有二十來匹。

衝著寶藏上玉筆峰來的，何止四五十人，光大內高手就有十九人。所以，那二十來匹馬，全是經過雪崩汰弱留強的考驗者，不用懷疑當然都屬頂尖好馬。

三人有心試試坐騎，稍夾馬肚，不予駕馭，三騎撒開四蹄竟可並駕齊驅信步飛奔，後面空騎群馬緊跟毫不落後。風馳電掣一口氣，掠過四十里路。三人忽然同時一勒韁繩，三騎撅前趺後地整個豎立，硬在原地煞停。所幸若蘭近年來跟隨爹爹遊蕩江湖，練就不賴騎術，才不致摔下馬來。後跟的群馬亦毫不碰撞地停住。

原來靈性的馬匹，把他們帶到有水草之地。舉目瞭望山腳下，出現四面被丘陵環繞的兩里方圓小盆地。

讓馬匹信步下去，穿過了有猿啼鳥唱的杏樹和棗樹林，就到了小盆地。往左繞過巨岩陡壁，出現一個洞穴，洞口約莫丈把（三米）寬，高約兩丈。下馬進入探查，左右幾乎對稱各寬

兩丈餘，洞深、高皆為三丈餘，洞口基本向南稍偏東，所以洞
內光猛而乾燥，洞底巖石還算平整，只需用寶刀稍事削削便可，
真是個理想住所。

騎馬沿盆地兜圈巡視。

繞過洞穴旁突出的岩崖往西去，於丈開外是一叢翠綠參天
的竹林，再過去，有一大榕樹，傘蓋甚廣，旁邊有山泉小溪流
過，由於水流較急日久沖出片沙礫地，可供馬匹歇息打滾，水
流注入盆地草原蜿蜒，這真是建立馬廄[8]不作二想之處。

再往前走，多是懸崖峭壁圍繞，轉到盆地南面，有三個相
隔不遠的小洞穴，亦有小瀑布掛下。懸崖向東去高度逐漸降低，
終於在東面包抄盆地之處出現有十丈寬的豁口，盆地縱橫蜿蜒
的溪流最終匯聚後，在此流出盆地，出豁口的溪流寬僅六至七
尺，水深及膝。豁口兩邊各有大樹，就像門神把關，樹冠交錯
遮陰，豁口另邊的懸崖繼續往南延伸，高度也隨之逐漸高聳而
且逐漸向偏西延伸，這弧形轉到正西時，與打算住人的岩崖相
接。

在岩崖相接拐角處，有一小瀑布垂下，滴水日久有功，形
成一橢圓形的石盆，溢水注往盆地。聚靠石盆之東有一洞穴，
洞口高六尺、寬四尺，洞深、高都是八尺、寬約丈二。在懸崖
弧形轉到正西的崖下附近約有三分地光景，不規則形的噴突溫

---

8 廄：讀音為「jiù」。

泉，想是長年都在冒著蒸氣散發出細細的硫磺氣。難怪周圍不見有蛇、蟲、鼠、蟻。

盆地的整個地勢，西、北高，崖頂都有茂林覆被，東、南低，崖頂基本光禿。冷空氣往熱空氣流，所以氣流較難從東、南進入盆地。從西、北來的下山風把盆地的空氣，通過東面的豁口帶出盆地，空氣的擠壓著出豁口，尤其在夜晚，那裡的風速定然特大。昆蟲、禽獸決不會貿然從那裡進入，人何嘗不是！

鳥瞰盆地，被青色地毯般的青草覆蓋；零星分布有幾顆大樹；溪流縱橫蜿蜒交錯，點綴著幾個小水塘，就像溪流是銀項鏈，串著綠寶石般的水塘。真是理想種植地。

走馬觀花兜了六至七里地的一圈。都覺得實是可遇不可求的天賜，非常滿意，遂決定在此隱居從此隱姓埋名。

立刻行動，砍竹打樁暫時簡單圍個馬廄，把所有共二十八匹馬牽入馬廄，卸下所有鞍轡掛在馬廄橫架上，其餘包袱、弓箭、刀斧等小武器，暫時搬進小洞穴。

包袱裡竟然有乾糧、碎銀、細軟、雜物和各種暗器等等。集合所有碎銀，竟然也有近千兩。

再從後山削些嫩細樹枝、扒些乾草，鋪上包袱的裹布，再點上篝火禦寒，都在大洞穴將就睡上一晚。

翌日清晨，圍著篝火進早餐時，苗人鳳提出改名換姓的建議：自己改為「田立仁」。苗去草頭為田，龍鳳龍鳳，單取龍頭之立，仁與人諧音；若蘭改為「田如玉」；胡斐改為「古承斌」。胡去月，斐字非文即寓武而實有文，故取斌，承斌意蓄永承文武兼具志毅。

如玉和承斌鼓掌，讚嘆不已！

立仁一身白布衫，改扮為老學究文人；如玉愛美打扮成一身粉紅，真如其名的小家碧玉；承斌剃光滿腮絡鬍，身穿淺綠色袍褂，一介書生打扮。頓時判若兩人，玉樹臨風堪稱威武卻內蘊睿智的風采。

現在也該到外面去拜訪我們的鄰居了，雖說鄰居，起碼是百里開外吧。三騎從豁口沿溪流東去，一夾馬肚，讓馬匹信步飛奔，不用半個時辰，跑出七十多里地才逐漸拋離丘陵地帶，舉目遠眺，三十里外隱約平川一片。緩跑片時，已見零星農舍，農夫在貧瘠的坡地勞作……的確，離家直到百多里外，才進入有二十來戶的小村莊。一打聽，要經過好幾個類似的村莊，才可到達歇馬鎮，那是百里開外的事了……

途中荒野路旁，救了一個奄奄一息的小女孩，可能是過度飢渴所致。抱她到樹蔭下，立仁徐徐輸予內力，女孩慢蘇醒，喝了水、吃了點乾糧，神智逐漸清醒。原來三天前半夜家裡發生火警，未滿七歲的她僅一人逃出，舉目無親……真巧，她也

姓田名如月，連姓名都不用改，遂認立仁為義父。在溪水旁如玉給如月梳洗，然後二人共騎白馬繼續行程。

終於進入歇馬鎮，該小鎮由四十來戶人家所組成，只有一條僅夠一輛馬車通過的「大街」，分支出幾條縱橫交錯的小巷。大街兩旁有幾家店鋪和作坊。

飯店兼營日用雜貨；布行兼賣布的製成品、文房四寶和婦女用品；賣肉的兼賣有關廚房諸如油、鹽、糖、醋、茶等等；一爿[9]醫館，人獸不拘皆醫，大夫兼營藥鋪，閒時（不定時）教書識字；鐵木作坊，包製作、修理農作工具和家具等。

看來不兼營，難能維持。例如飯店，整年也不一定有外來過客光顧，就算喜慶日子，也不一定去惠顧飯店，平日茶客也不會太多。

看來民風淳樸，會是個好鄰居。

在飯店開了兩個上房，小夫妻一房，兩「父女」一房。

到布行買了幾套女童裝給如月替換，真是「人要衣妝、佛要金裝」，妝扮後的如月和姐姐如玉真有幾分相似，是個非常清秀討人喜愛的小女孩。

---

9 爿：讀音為（pán）。

　　向鐵木作坊購買一輛四輪可供四人乘臥的小馬車，現成當然沒有，但主要配件基本齊全。一頓飯光景便裝配完成交貨！

　　立刻買齊一切必需品：吃的、布匹、農具、鐵木工具、婦女用品和針黹用具、五穀瓜菜種子等等。幾乎裝滿了一整車。

　　這天晚上小兩口才正式洞房，可惜少了鬧新郎新娘的節目。

　　春宵苦短，一清早大家醒來，梳洗完畢，吃過早點，帶上整日食品，打道回去。

　　大黑為轅馬，小白為索馬，承斌當馬伕駕車，兩美女並排相伴，立仁騎紅鬃烈馬護駕。來時，快馬飛馳，不用兩個時辰；回程，可能非要三個時辰不可。因為道路不是由人們長時間所踏出來的，難免有坑洼，所幸雖顛簸而無大礙。

　　駿馬腳程非同小可，到家僅過晌午罷了。日後，居所安頓和耕種，難不到他們。不贅！

　　閒時，兩位名震江湖的武林高手切磋武藝，把兩家刀劍精華融合，共同創出單、雙手亦劍亦刀的新套路，自成古田一新派。另外，在雙匕套路基礎上，發展出「刀劍匕」左右和右左，長短合璧的創新秘訣。更把單手亦劍亦刀的新套路，發揮到單匕中去。如此，必然創出新的內功心法，否則新派武功難臻完美發揮，亦難不斷提升。

另外，別出心裁、另創一格，以松針作為獨門暗器。它具有以下特有功能：第一，隨時隨地都易於採擷[10]且取之不盡；第二，貫予內力，堅韌比鋼針有過之而無不及，卻具有鋼針所沒有的性能；第三，能輕易地一次群發數十枚，可罩兩丈方圓；第四，因為施展旋轉松針手法發射，無聲無息、防不勝防；第五，一但刺中，必繼續鑽入，倘若鑽進骨髓，不能用常規辦法拔出，只好刮骨清除一途，若遇上內力阻抗，就會發揮出松針中松節油鑽工取火的性能，專破金鐘罩和鐵布衫之類的內功；第五，具有鑽木取火的功能，手接不行，劍削刀砍都不行，雖然被砍成兩截，前截繼續飛行，後截亦步亦趨緊跟不殆，唯有避之則吉，在閃電般的速度中要閃避出兩丈方圓的群針，談何容易！只有能蔽護全身的金屬盾牌一法，如此一來形同盲目挨打，已落下風。

兩女分別由二男教授武功，從打好基本功開始，由淺入深。不出三五年，功力必臻非凡。就差實戰經驗而已……

一眨眼，如月已懷胎七個多月了。從最近的歇馬鎮請醫生，屆時臨盆怕不趕趟，而且從此暴露了隱居住處不宜；若將近臨盆趕路，路途顛簸都不宜。倒不如提前到歇馬鎮，隨便租間房子住下待產。田立仁獨自留守家園……

「瓜熟蒂落」，喜獲麟兒雙胞胎，一天之內兩家都有後了！老大，六成像爹，四成像娘；老二，六成像娘，四成像爹。按

10擷：讀音為「xié」。

原定：老大命名古芝田，考自《文選·鮑照·舞鶴賦》：「朝戲於芝田，夕飲乎瑤池。」；老二命名田振古，考自《文選·左思·魏都賦》：「兆朕振古，萌抵疇昔。」又考自《詩經·周頌·載芟[11]》：「非今斯今，持古如茲。」

嬰兒們滿月乘馬車回家，拜見祖父……順便抱回剛斷奶的一對獒犬。

十歲孿生男孩，在後山采集大棗和杏子，忽然，山羊、黃猄等成群狂奔掠過。在深山野嶺生活的當然知道，定是有猛獸追擊所引起。

孿生兄弟藝高人膽大，初生之犢不畏虎，俠義心腸等都兼而有之，橫出刀劍，擋在追擊來路恭候。原來是狼群來勢洶洶，帶頭的大灰狼飛躍撲來，只見男孩舉刀跟著身子往下一挫，大灰狼悶聲從頭到尾已被整整齊齊地一劈兩半。群狼剎不住腳撲來，兩孩揮舞著武器，群狼挨著斷頭、折腿、開膛、穿肚……可能餓得慌，以為兩個小孩好對付，也可能發生在極短的電光火石間沒來得及醒悟，仍然前仆後繼撲擊。兩孩齊聲喊聲：「起！」拔身向松樹各抓了一把松針，身體尚懸在空中，一同使出天女散花，每只惡狼用鼻子接受不可抗拒的大禮，無一倖免。牠們痛得連滾帶爬、哀嗁[12]聲此起彼落，眨眼間逃得無影

11芟：讀音為「shān」。

12嗁：讀音為「tí」。

無蹤。幾年內肯定再也不敢來犯。可以說，所有動物的眼睛和鼻子均屬弱點，受到攻擊，其痛難耐。

當大人們聞聲趕來，只有剝取狼皮和埋葬狼屍的份⋯⋯

欲知後事如何，請看《紅纓尾貂（古田派）英雄傳》！非科班出身的門外漢，不知天高地厚，沒名利包袱，才敢貿然獻醜。

恭請斧正！

多謝金庸先生！謝謝各位！

文武兼備
海豚孩

作者：峰梓

編輯：Margaret

設計：Spacey Ho

出版：紅出版（青森文化）

地址：香港灣仔道 133 號卓凌中心 11 樓

出版計劃查詢電話：(852) 2540 7517

電郵：editor@red-publish.com

網址：http://www.red-publish.com

香港總經銷：聯合新零售（香港）有限公司

台灣總經銷：貿騰發賣股份有限公司

地址：新北市中和區立德街 136 號 6 樓

(886) 2-8227-5988

http://www.namode.com

出版日期：2023 年 12 月

圖書分類：流行讀物／武俠小說

ISBN：978-988-8868-22-3

定價：港幣 99 元正／新台幣 395 圓正